더 이상 견딜 수 없어!

Ah Biz Eşekler
copyright ⓒ Aziz Nesin
All rights reserved.

Korean Translation Copyright ⓒ 2009 by Sallim Publishing Company
Korean edition is published by arrangement with Ali Nesin Through Lee nana.

이 책의 한국어판 저작권은 Ali Nesin과의 독점 계약으로 살림출판사에 있습니다.
저작권법에 의해 한국 내에서 보호를 받는 저작물이므로 무단 전재와 무단 복제를 금합니다.

더 이상 견딜 수 없어!

아지즈 네신의 유쾌한 세상 비틀기

아지즈 네신 지음 | 이난아 옮김

살림Friends

| 차례 |

덜컹덜컹 • 6
평온의 나라 • 21
거대한 철퇴 • 32
그림자가 없는 사람들 • 48
아, 우리 당나귀들 • 62
행복한 고양이 • 72
우리 집 • 82
학부모 회의 • 95
쥐들은 자기들끼리 잡아먹는다 • 108
성인 목투스와 창녀 카멘나 • 115
기다리던 사람 • 130

옮긴이의 말 • 145

덜컹덜컹

  이 세계에 사는 사람들은 알 수 없는 전혀 다른 차원의 세계가 있었습니다. 이 미지의 세계에는 미지의 대륙에 살고 있는 사람들도 모르는 미지의 한 나라가 있었습니다. 바로 이 미지의 세계의, 미지의 대륙에 있는, 미지의 나라의, 미지의 사람들은 미지의 시기 때부터 자기들끼리 살아가고 있었습니다.

  어느 날 알려진 세계에 사는 몇몇 사람들이 미지의 세계에 있는, 미지의 대륙의, 미지의 나라를 찾았습니다. 그러고는 그곳에 사는 사람들에게 이렇게 말했습니다.

  "미지의 세계의, 미지의 대륙의, 미지의 나라의, 미지의 시기 때부터 살아온, 미지의 사람들이여! 우리는 알려진 세계의, 알려진 대륙에 있는, 알려진 나라의, 알려진 시기부터 살아온 사람들입니다. 여기에 와서 보니 당신들은 아직 개발이 되어 있지 않군요. 어떻게 해서 이렇게 개발이 되어 있지 않은지 놀라울 따름입니다."

그러자 미지의 세계의, 미지의 대륙에 있는, 미지의 나라의, 미지의 사람들은 이 말에 아주 화를 냈습니다.

"아니요. 여기는 후진국이 아닙니다."

이에 알려진 세계에서 온 사람들은 이렇게 물었습니다.

"당신들이 사는 나라가 후진국이 아니라는 것을 어떻게 증명하시겠습니까?"

"우리는 사냥을 하고 물고기를 잡습니다."

이에 알려진 세계에서 온 사람이 말했습니다.

"5,000년 전에 살았던 사람들도 물고기를 잡았습니다."

미지의 사람들이 이렇게 말했습니다.

"하지만 우리는 목축업도 합니다. 양떼를 몰고 소를 키우면서 우유를 짜고 요구르트도 만들지요."

그러자 알려진 세계에서 온 사람들이 이렇게 말했습니다.

"4,000년 전에 살았던 사람들도 당신들이 말한 것을 했소."

미지의 세계의, 미지의 사람들은 또 이렇게 말했습니다.

"하지만 우리는 농사도 짓습니다. 곡물을 심고, 기르며, 농장을 운영한답니다."

그러자 알려진 세계에서 온 사람들이 말했습니다.

"당신들이 말한 것들은 3,000년 전부터 쭉 해 오고 있는 일입니다."

미지의 세계의 미지의 사람들은 또 이렇게 말했습니다.

"하지만 우리는 목화 재배도 하고, 연초와 사탕무도 재배한답니다. 개암도 따고요."

"그 모든 일은 2,000년 전부터 해 오던 일입니다."

그러자 미지의 세계의, 미지의 대륙의, 미지의 나라의, 미지의 시기 때부터 살아온, 미지의 사람들은 당황하면서 서로에게 묻기 시작했습니다.

"혹시 우리가 사는 곳이 정말로 후진국이고 저개발국일까?"

그리고는 자신들의 물음에 이렇게 대답했습니다.

"그래, 정말 그런가 봐."

그리고는 알려진 세계의 사람들에게 이렇게 물었습니다.

"그렇다면 우리가 어떻게 해야 발전할 수 있습니까? 발전하기 위해서는 무엇을 해야 합니까?"

"와서 우리가 사는 모습을 보십시오. 우리가 무엇을 했던지 간에 당신들도 그렇게 하십시오. 우리가 무엇을 해서 발전했는지 직접 눈으로 보시오!"

이 말에 수긍한 미지의 세계의, 미지의 대륙의, 미지의 나라의, 미지의 시기 때부터 살아온 미지의 사람들은, 알려진 세계의, 알려진 대륙에 사는, 알려진 나라를 방문해 그들이 무엇을 했는지 보고 배웠습니다. 그러고는 자신들의 나라로 돌아갔습니다.

처음 돌아온 사람들은 이렇게 말했습니다.

"우리가 바로 알아냈어요. 그들에게는 기계가 있더라고요."

두 번째로 돌아온 사람들은 이렇게 말했습니다.

"그들이 왜 진보했는지 알았어요. 기계를 만들었더라고요."

알려진 세계에서 온 사람들은 모두들 이렇게 말했습니다.

"기계."

"진보하기 위해서는 기계를 만들어야 합니다."

"기계를 만들지 않으면 우리는 진보할 수 없어요."

이 생각에 모두 동의한 그들은 "그렇다면 우리도 기계를 만듭시다!"라고 말했습니다. 그리하여 방방곡곡에 파발꾼을 보내 공고를 했습니다.

"알려진 세계에 있는 기계를 본 사람들, 기계를 만들 줄 아는 사람들은 오시오. 우리나라에서도 기계를 만들려고 합니다!"

그러자 이 나라의 방방곡곡에서 기계를 보았다는 사람들과 만들 줄 안다는 사람들이 한자리에 모였습니다. 대신들은 이들에게 이렇게 말했습니다.

"원하는 모든 것을 해 줄 준비가 되어 있소. 명령만 내리시오. 우리나라가 진보할 수 있도록 기계를 만들어 주기만 하면 됩니다."

그리하여 그들은 기계를 만들기 시작했습니다. 수년 동안 연구하고 시도한 끝에 드디어 기계를 만들어 낸 그들은 자신들이 만든 기계를 전후좌우 유심히 살펴보았습니다. 그리고 "된 건가?"라고 서로에게 물었습니다.

알려진 세계의, 알려진 대륙에 사는, 알려진 나라에서 기계를 본 사람들이 "됐어, 됐다고. 그곳에서 본 기계와 아주 똑같은 걸." 하고 말해 주었습니다.

이후 나라 전체에 "기계가 만들어졌습니다. 몇 월 며칠에 기념식이 있습니다. 모두들 오셔서 우리가 만든 기계를 보시기 바랍니다."라는 공고가 붙자 사방이 들끓었습니다. 모든 사람들이 기계를 보기 위해 모여들었습니다. 그 나라의 높은 지위에 있는 사람들 중 한 명은, "우리도 드디어 기계를 만들었습니다. 이제 우리에게는 진보하는 일만 남았습니다."라고 말했습니다.

알려진 세계에 있는 기계를 본 사람들 중 한 명은 이렇게 말했습니다.

"이것이 기계가 맞기는 한데 뭔가 부족한 것 같아. 내 기억에 의하면, 톱니바퀴가 있었던 것 같은데……. 이 기계에는 톱니바퀴가 없는걸."

"맞아, 맞아. 우리가 봤던 기계에는 톱니바퀴가 있었어. 이 기계에는 없군. 당장 톱니바퀴를 달아야 해."

이 말을 들은 기술자들은 즉시 일에 착수했습니다. 많은 톱니바퀴를 만들어 자신들이 조립한 기계의 여기저기에 톱니바퀴를 장착했습니다. 그래도 톱니바퀴가 모자란다고 생각한 그들은 더 많은 톱니바퀴를 달았습니다. 이렇게 해서 기계는 거대한 몸체로 변했습니다.

다시 작업을 하기 시작했습니다. 크고 작은 굴대를 만들어 기계의 여기저기에 장착했습니다. 몇 년 동안 만든 굴대를 더하고 더하자 기계는 너무나 커져서 그 기계를 전시했던 도시보다 더 커졌습니다. 이 일이 끝나자 대포를 쏘아 기계가 완성되었다는 소식을 알렸습니다. 국민들은 축제를 벌이며 그 기계를 보려고 모여들었습니다.

높은 관직에 있는 사람들 중 한 명이 이렇게 말했습니다.

"맞아, 기계라는 것은 바로 이런 것이어야지. 암 그렇고말고. 게다가 우리는 아주 커다란 기계를 만들었어."

그런데 그들 중 한 명이 이렇게 말하는 것이었습니다.

"기계가 멋지다는 데에는 이의가 없습니다마는, 이 기계에 뭔가 빠진 게 있는 것 같습니다. 우리가 본 기계에는 실린더가 있지 않았었나요?"

그러자 다른 사람들이 이렇게 말했습니다.

"맞아, 맞아. 용케도 기억해 냈군. 하마터면 실린더가 없는 기계를 만들 뻔했어. 즉시 저 기계에 실린더를 달자고."

그리하여 그들은 실린더를 만들기 시작했습니다. 몇 년 동안 실린더를 만들어 기계에 장착했습니다. 기계는 커지고 커져서 그 나라의 삼분의 일을 차지할 정도의 크기가 되었습니다. 와! 그야말로 입이 쩍 벌어질 정도로 커다란 기계가 되었습니다.

그 나라의 남녀노소 모두 그 기계를 보려고 몰려들었습니다. 그 나라의 지도층 사람들은 이렇게 말했습니다.

"아주 멋져! 기계라는 것은 자고로 이렇게 생겨야지. 암, 그렇고말고."

그런데 그들 중 한 명이 이렇게 말했습니다.

"혹시 내가 잘못 기억하고 있나? 내 기억에 의하면 우리가 본 기계들에는 보일러와 화덕 같은 것이 있었던 것 같은데……"

그러자 지도층 사람들 중 한 명이 이렇게 대꾸했습니다.

"참, 정말로 그렇군. 나도 아까부터 이 기계에 뭔가가 빠진 것 같아서 그게 뭔가 하고 골똘히 생각하던 참이었는데. 당연하지, 여기에 보일러와 화덕 같은 것도 있어야지. 보일러와 화덕이 없는 기계는 가당치도 않아. 즉시 여기에 보일러, 화덕, 용광로를 만드시오."

"분부대로 거행하겠습니다."

기술자들은 이렇게 말하고 즉시 일에 착수했습니다. 수십 개의 보일러와 화덕과 용광로를 만들었습니다. 몇 년 동안 일을 한 후 기계 사방에 보일러와 화덕이 첨가되자 기술자들은 이렇게 말했습니다.

"이제 보일러와 화덕을 더 놓을 자리가 없어. 이제는 다 되었겠지."

그런 후 지도층 사람들에게 소식을 전했습니다.

이번에도 국민들은 기뻐하며 모여들었습니다. 환호를 받으며 등장한 지도층 사람들은 그 기계를 보고 이렇게 말했습니다.

"기계라는 것은 자고로 이래야 하는 거야. 이제 우리가 발전하지 못할 이유가 없어. 기계도 완성되었으니 말이야."

그런데 그들 중 한 명이 이렇게 말했습니다.

"여러분들이 보기에 이 기계에 뭔가 부족한 것이 있는 것 같지 않소? 우리가 보았던 기계에 도르래라는 것이 있었던 것 같은데, 이 기계에 도르래는 어디에 있소?"

이 말을 들은 다른 사람들도 이렇게 말했습니다.

"아이고, 자네 정말 기억 하나는 기가 막히군. 하마터면 잊어버리고 도르래가 없는 기계를 만들 뻔했군 그래. 당장 도르래를 만들어 기계에 장착하라."

몇 년 동안 크고 작은 도르래를 만들어 기계에 부착하기 시작했습니다. 그러자 기계는 너무나 커져 그 나라의 절반 이상을 차지하게 되었습니다.

도르래도 부착하자 그 나라에는 이제까지 없었던 성대한 축제가 열렸습니다. 사람들은 북을 치고 피리를 불며 기계를 보러 몰려들었습니다. 지도층 사람들은 그 나라의 절반 이상을 차지한 기계를 보고는 이렇게 말했습니다.

"아, 정말 다행이군. 드디어 기계를 완성했어. 이제 두려워할 게 없어. 우린 진보할 거야."

그런데 또 그들 중 한 명이 이렇게 말했습니다.

"잘 기억나진 않지만 우리가 본 기계에 다른 것이 있었던 것 같은 느낌이 드는군. 아, 알겠다. 생각났어. 파이프, 파이프야. 파이프는 도대체 어디에 있나? 파이프 없는 기계가 있을 수 있나? 우리가 보았던 기계에는 모두 파이프가 있었지."

이렇게 해서 기술자들은 몇 년 동안 쉬지 않고 만든 파이프를 기계의 빈 구멍이란 구멍에 모두 끼워 넣었습니다. 파이프를 끼우고 끼워 기계가 얼마나 커졌던지 나라 전체를 다 차지할 지경이 되었습니다.

국민들은 축제의 분위기 속에서 기계를 보기 위해 몰려들었

습니다. 지도층 사람들은 기계를 보면서 이렇게 말했습니다.

"이젠 정말 다 되었어. 부족한 것이 하나도 없군. 기계를 만들었으니 이제 우리도 진보할 거야."

그러자 이들 중 한 명이 이렇게 말했습니다.

"그런데 또 뭔가가 부족한 것처럼 느껴지는데."

다른 지도층 사람들이 말했습니다.

"말도 안 돼. 기계가 이 나라를 거의 다 차지할 정도로 커졌는데 어떻게 결함이 있을 수 있겠나? 괜한 트집을 잡아 우리 머리를 혼란스럽게 만들지 말라고."

그러자 조금 전에 이의를 제기했던 사람이 이렇게 말했습니다.

"당신이 뭐라 하든 간에 이 기계에 뭔가 부족한 게 있는 건 확실하네. 우리가 본 기계는 덜컹덜컹 소리를 내며 작동하지 않았나? 실린더가 왔다 갔다 하고, 톱니바퀴가 돌고, 톱니들이 서로 맞물리고, 도르래가 빙빙 돌고, 보일러가 끓고, 화덕이 활활 타고, 굴대가 들어갔다 나왔다 오르락내리락 하면서 굉음이 들렸지 않나? 그런데 이 기계는 아직 아무런 소리도 나지 않는군."

다른 사람들도 곰곰이 생각하더니 이렇게 말했습니다.

"정말로 그랬었지. 우리가 보았던 기계들은 덜컹덜컹 소음을 냈었지. 동륜, 고무벨트, 회전 속도 조절 바퀴들이 쉼 없이 돌았어. 그러니까 우리가 기계를 만들기는 만들었지만 덜컹덜컹하는 소리가 나게 하는 일이 아직 남아 있군. 조금 더 힘내서 그것도 만들자고. 그리고 일을 끝내세."

다시 그들은 몇 년 동안을 화덕에 불을 지피고, 솥에 물을 끓이면서 일했습니다. 굴대는 실린더에, 실린더는 톱니바퀴에, 톱니바퀴는 조종키에, 조종키는 도르래에, 도르래는 파이프에, 파이프는 나사에 연결했습니다. 안간힘을 써서 드디어 회전 바퀴가 돌고, 굴대가 왕복운동을 하고, 회전 속도 조절 바퀴가 돌아가고, 도르래도 돌아가고, 파이프도 소리를 내고, 실린더도 움직이고, 나사들도 소음을 내기 시작했습니다. 그 소음이 얼마나 컸던지 하늘과 땅이 다 진동하기 시작했습니다. 이 소음을 들은 사람들은 기뻐서 눈물을 흘리며 그 기계를 보기 위해 달려왔습니다. 나라의 모든 국민이 기계 주위에 모였고 축제가 시작되었습니다.

지도층들은 그 성공을 너무나 자랑스러워하면서 서로에게 이렇게 말했습니다.

"잘 보시게들. 다른 생각이 뭐 떠오르는 게 있나? 이 기계에 더 이상 부족한 것이 없어야 하니까."

그 누구의 머리에도 그 어떤 결함이 떠오르지 않았습니다. 그들이 본 기계와 완전히 똑같았기 때문이었습니다.

"됐어, 더한 것도 없고 덜한 것도 없어. 결함이 있다면 이렇게 덜컹거리며 작동하지 않겠지? 게다가 우리 기계는 그들 것보다 크지 않은가. 저 소리를 들어 보라고, 저 소음을. 우리 기계는 정말 굉장한 소리를 내고 있다니까!"

그러자 다른 사람들도 이렇게 대꾸했습니다.

"맞아. 우리가 이렇게 기계를 만들었으니 이제 진보할 수 있을 거야. 이후 이 기계가 멈추지 않고 작동하면 우리도 진보할 수 있어."

그리하여 그들은 기계의 화덕에 끊임없이 장작을 던졌습니다. 화덕은 한 번도 꺼지지 않았고 기계도 계속 작동했습니다.

그들은 기계가 작동할수록 매일 조금씩 더 진보된다는 기쁨에 가득 차 있었습니다. 하지만 이 커다란 기계는 부피가 그 나라의 절반 이상을 차지하고 있었기 때문에 이제는 과거처럼 가축도 키우지 못했고, 농사도 지을 수 없었고, 당연히 작물도 자라지 않게 되었습니다. 하지만 그들은 "아무리 그래도 우리에게는 기계가 있으니까 진보할 거야."라고 기뻐했습니다.

알려진 세계의, 알려진 대륙에 사는, 알려진 나라의, 알려진 사람들은, 어느 날 다시 미지의 세계에 있는, 미지의 대륙의, 미지의 나라에 가 미지의 사람들을 찾았습니다. 그러고는 그들에게 이렇게 말했습니다.

"귀를 찌르는 이 소음은 도대체 무엇입니까?"

"기계입니다. 우리가 만든 기계라고요. 기계가 작동할수록 우리는 진보하고 있습니다."

그러자 알려진 세계의 사람들이 이렇게 물었습니다.

"진보요? 어떤 진보를 말하는 겁니까? 과거보다 더 끔찍하게 되어 버렸는데요. 이게 무슨 기계입니까?"

그러자 미지의 세계의 사람들이 이렇게 대답했습니다.

"바로 당신들의 나라에 있는 기계이지요. 게다가 당신들 기계보다 더 큽니다. 파이프도 있고, 톱니도 있고, 회전 바퀴도 있고, 나사도 있고, 용광로, 화덕, 회전 속도 조절 바퀴, 실린더에 이르기까지 그 모든 게 다 있습니다. 게다가 잘 작동하고 있지 않습니까?"

이에 알려진 세계의, 알려진 대륙에 사는, 알려진 나라의, 알려진 사람들이 물었습니다.

"그런데 이 기계가 무엇을 합니까? 어떤 용도로 무엇을 생산합니까?"

미지의 세계의, 미지의 대륙의, 미지의 나라에 사는 사람들은 너무나 놀라 이렇게 물었습니다.

"아, 이 기계가 뭔가를 만들어 냅니까?"

"아무것도 만들어 내지 못하는 기계를 왜 만들었습니까? 무슨 소용이 있지요?"

그러자 미지의 나라에 사는 사람들은 이렇게 말했습니다.

"맞아, 정말 맞는 말이야. 기계를 만들었으니 이제 기계에 무슨 일을 시켜야 하겠지."

그러고는 잠시 후 자기들끼리 이렇게 말했습니다.

"소음을 만들어 내고 있잖아, 우리에게는 그것으로 충분해. 자 들어 봐. 덜컹덜컹, 우당탕탕, 우당탕……."

평온의 나라

고서를 연구하는 한 노학자가 있었습니다. 그는 걷기조차 어려울 정도로 나이 든 사람이었습니다. 매일 학생들이 그를 부축해, 세계에서 자료가 가장 방대한 것으로 알려진 바비보 도서관에 데려다 주었습니다. 노학자가 이곳에서 연구하다 저녁 때가 되면 다시 학생들이 와서 그를 집으로 데려다 주곤 했습니다.

노학자는 오랜 세월 독서를 너무 많이 한 탓에 거의 장님이 되어 있었습니다. 커다란 글씨도 알아보지 못했기 때문에 돋보기로 그 글자들을 읽었습니다. 그는 책에 딱 붙어서 마치 페이지 사이로 빨려 들어가듯 몰입하곤 했습니다.

바비보 도서관의 지하층에는 수백 년 동안 아무도 손대지 않은 고대의 책들이 있었습니다. 노학자는 이 오래된 책에 대해 연구를 하고 있었습니다.

그러던 어느 날, 학자는 필사본 한 권을 발견했습니다. 그는 읽으면서 이 책에 더욱 빠져들었습니다. 왜냐하면 이 책이 기존의 역사책이나 지리책에서 볼 수 없었던 '평온의 나라'에 대해 설명하고 있었기 때문이었습니다. 이 나라가 세상의 어디에 있는지, 어떤 경도와 위도에 위치해 있는지가 이 책에 씌어 있었습니다. 이 '평온의 나라'는 사라진 문명들 중 하나임에 틀림없었습니다.

노학자는 논문을 발표해 전 세계에 이 미지의 나라의 존재를 알렸습니다. 고고학자들은 그 책에 씌어 있는 경도와 위도에 의거해 발굴을 시작하고 연구를 해 나갔습니다. 10미터 정도 파고 내려가자 정말로 땅속에 어떤 커다란 도시가 있는 것을 발견했습니다. 도시가 아니라, 도시들, 그러니까 한 나라……

이 도시는 고고학자들을 아주 놀라게 했습니다. 왜냐하면 집, 길, 광장, 교통수단 등 모든 것이 존재하지만 그 어떤 사람의 흔적도 찾을 수 없었기 때문입니다. 조사를 거듭했지만 무덤도, 해골도 찾을 수 없었습니다.

비문들이 있었습니다. 그 비문 위에 글도 씌어 있었습니다. 하지만 이 고유한 문자를 읽어 낼 수 있는 이는 아무도 없었습니다. 수년 동안 애를 쓴 끝에 언어학자들은 이 죽은 언어를 해독할 수 있었습니다.

도시의 성문 위에 '평온의 나라' 라고 씌어 있었습니다. 비문 위에 있는 글을 해독하자 '평온의 나라' 의 역사가 드러났습니다. 그리하여 땅속에 묻힌 '평온의 나라' 에 왜 사람의 흔적이 하나도 남아 있지 않은지 알게 되었습니다.

'평온의 나라' 에 관한 비문은 이러했습니다.

"아, 사람이여! 어느 날 이 땅에 발길이 닿게 되면 돌에 새겨진 이 글들을 읽으시오! 이곳에서 무슨 일이 일어났는지 보고 배우시오! 그리하여 당신도 교훈을 얻고, 이에 의거하여 당신의 갈 길을 정하시오!"

그리고 그 나라의 역사는 다음과 같습니다.

한때 우리나라에는 행복한 사람들이 살고 있었습니다. 사람들은 일을 하고, 사랑을 나누고, 웃으며 살았습니다. 그러나 시간이 흐를수록 사람들은 불행해지기 시작했습니다. 왜냐하면 언제부터인가 검은 연기가 우리나라를 에워싸기 시작했기 때문입니다. 처음에는 이 연기가 어디에서 나오는지 아무도 알지 못했습니다. 화산이 분출한다고 생각했습니다. 정말이지 화산의 입에서 연기가 나오듯 검은 연기가 나라를 에워쌌습니다. 광장, 길, 집 위에 검은 연기가 내려앉았습니다. 그 검은 연기는 갈수록 더 짙어져 갔습니다.

수소문을 하여 이 검은 연기의 원류를 알아냈습니다. 그건 바로 우리나라의 통치자의 입에서 나온 것이었습니다. 존경하는 통치자가 숨을 쉬고 입을 열 때마다 검은 연기가 폴폴 나왔던 것입니다. 이 검은 연기가 우리나라를 온통 뒤덮고 있었습니다. 하지만 두려움 때문인지 어느 누구도 그것을 통치자에게 말하지 못했습니다.

우리나라는 이제 이 검은 연기 때문에 숨을 쉴 수 없을 지경에 이르렀습니다. 한 치 앞도 보이지 않았습니다. 점점 위아래도 없어지고, 존경이나 사랑도 사라지고 말았습니다. 모두들 서로를 짓밟기 시작했습니다. 모든 질서가 엉망진창이 되었지요. 머리는 다리가 되고 다리는 머리가 되고, 누가 위에 올라가 있는지, 누가 아래에 있는지 알 수 없게 되었습니다. 밟힌 사람들의 신음소리가 하늘을 찔렀습니다. 부딪히고, 넘어뜨리고, 넘어진 사람들이 서로 한데 뒤섞였습니다. 누가 누구에게 무슨 일을 하는지, 누가 물건을 사고 훔치는지 알 수 없었습니다.

통치자의 입에서 뿜어져 나오는 검은 연기는 무겁고 자욱했기 때문에 우리나라의 위에 내려와 앉았습니다. 통치자는 높은 곳에 있었기 때문에 국민들이 어떤 고통을 당하는지 전혀 알지 못했습니다.

그가 계속해서 높은 곳에서 "존경하는 국민 여러분!"이라고 말을 할수록 나라는 연기로 가득 찼습니다.

검은 연기 때문에 아무도 말을 할 수 없었고, 숨을 쉴 수가 없었습니다. 목이 타고 눈에서는 눈물이 흘렀습니다. 우리는 숨이 막혀 죽을 지경이었습니다.

검은 연기가 사라지지 않는다면 우리는 이 혼란에서 벗어날 수가 없었습니다. 하지만 어떻게 해서 벗어날 수 있는지 알 수 없었습니다.

그때 이 혼란 속에서 어떤 소리가 들려왔습니다.

"나를 통치자로 세우면 이 나라를 검은 연기에서 구해 내겠소!"

모든 사람들은 이 말에 귀를 기울였습니다. 이 말을 한 사람은 통치자의 측근 중 한 명이었습니다.

선거를 통해 과거 통치자를 왕좌에서 끌어내리고, 그 자리에 새로운 통치자를 앉혔습니다. 하지만 변한 건 아무것도 없었습니다. 검은 연기는 더욱더 증가했습니다. 얼마 지나지 않아 사람들은 고함을 지르며 불만을 터트리기 시작했습니다.

그러자 새 통치자가 말했습니다.

"이 검은 연기를 물리치려면 일을 해야 한다. 일하기 위해서는 평온이 필요하다!"

사람들은 통치자에게 그 평온을 어떻게 하면 제공할 수 있을지 물었습니다.

"소음이 없어야 한다. 아무도 소리를 지르지 말아야 내가 평온하게 일을 할 수 있다."

이에 법을 제정해 온갖 종류의 소음을 금지했습니다. 하지만 검은 연기는 줄어들지 않았습니다.

그러자 통치자가 이렇게 말했습니다.

"너희들이 내게 평온을 주지 않아 편히 일을 할 수가 없다."

"그 평온을 드리겠습니다. 그러니 그저 이 검은 연기에서 우리를 구해 주십시오."

"그렇다면 말을 하지 마라. 너희들이 말을 할수록 내 평온함이 사라지니까."

그리하여 새로운 법을 제정하여 말하는 것을 금지했습니다.

사람들은 과거보다 더 검은 연기의 어둠 속에서 서로 부딪치고 넘어졌습니다. 하지만 비명을 지를 수도, 말을 할 수도 없었습니다.

통치자는 끊임없이 "너희들이 평온을 주지 않으니 일을 할 수가 없어, 이 검은 연기에서 너희들을 구해 줄 수가 없다."라고 말했습니다.

"저희가 어떻게 해 드려야 평온하실 수 있겠습니까?"

"너희들의 기침 소리가 날 불안하게 만들어 일을 할 수가 없다."

새로운 법을 제정하여 온갖 종류의 기침을 금지했습니다.

하지만 검은 연기는 갈수록 증가했습니다.

"난, 평온을 원해."

통치자는 또 이렇게 말했고, 사람들은 어떻게 하면 통치자가 평온할 수 있는지 물었습니다.

"너희들이 두 발로 걷는 것이 날 불안하게 한다. 한 발로 걸으면 내가 편히 일할 수 있을 것 같다."

법령을 제정해, 우리나라에 있는 모든 사람들이 한 발을 들고 깽깽이걸음으로 걷도록 했습니다.

"일을 하려면 평온해야 해. 몸을 굽히고 한 발과 한 손을 땅에 대고 기면서 걸어라."

통치자의 이 말에 새로운 법이 제정되었고 사람들은 몸을 굽히고 한 발, 한 손을 땅에 대고 걷기 시작했습니다.

하지만 검은 연기는 줄어들지 않고 계속해서 증가했습니다.

"너희들이 내 평온을 깨고 있어. 내게 평온을 주지 않는데 내가 어떻게 일을 하겠느냐?"

어찌하면 평온하게 일을 할 수 있냐고 묻자 통치자는 "이쪽 저

쪽으로 걷지 마라. 내가 불안하다. 모두 한쪽 방향으로 걸어라."
라고 말했습니다. 이리하여 사람들은 모두 줄을 서서 한 방향으로 걷기 시작했습니다.

통치자의 요구는 끝이 없었습니다. 통치자가 원하는 대로 다 해 보았지만 그는 도무지 평온해지지 않았습니다. 우리는 통치자가 평온해지기만 하면 검은 연기에서 우리를 벗어나게 해 줄 거라고 믿었습니다. 우리는 통치자가 평온할 수 있도록 최선을 다했습니다.

"너희들 중에 내 평온을 깨트리는 자가 있다. 데리고 오너라, 먹어 버려야겠다."

"검은 연기에서 벗어날 수만 있다면 그렇게 하겠습니다."

우리는 이렇게 대답하며 통치자의 평온을 깨트리는 사람들을 한 명 한 명 대령했습니다. 통치자는 먹고 먹고 또 먹었습니다. 그는 먹을수록 "내게 평온이 없어. 평온이 없다고!"라고 고함을 쳤습니다.

"다음엔 누구를 원하십니까?"

"저놈!"

통치자는 모든 사람들을 다 먹어 치워 이제 궁전에 있는 신하 이외에 아무도 남지 않게 되었습니다.

"저 대신을 먹지 않는다면 내가 평온해질 수 없다!"

"원하시는 대신을 바치겠습니다. 제발 평온에 이르러 남은 사람들을 검은 연기로부터 구해 주십시오."

그리하여 대신들도 한 명씩 한 명씩 사라져 갔습니다. 마지막으로 총리대신을 먹어 치우자 그 자신 이외에 아무도 남지 않게 되었습니다. 그리고 오로지 저만 남게 되었습니다. 하지만 검은 연기가 얼마나 짙게 깔려 있던지 통치자는 저를 보지 못했습니다.

혼자 남게 된 통치자는 "난 평온하지 않아!"라고 말하며, 자신의 손톱을 먹기 시작했습니다. 그런 다음에는 손가락을 먹었습니다. 그러고는 "마음이 평온하지 않아!"라고 신음을 하면서 자신의 발을 먹었습니다. 이제 머리와 피투성이의 몸만 남게 되었습니다. 그는 끊임없이, "난 평온해지길 원해!"라고 고함을 질렀고, 이빨을 가슴으로 가지고 가 자기 몸을 먹기 시작했습니다.

그는 자신의 가슴, 갈비, 어깨를 먹었습니다. 이제 남은 것은 피투성이의 머리밖에 없었습니다. 그 피투성이 머리는 여기저기 뒹굴면서, "난 평온을 원해!"라고 고함을 쳤습니다. 허공을 향한 입은 이제 자기 자신을 먹을 수가 없었습니다.

나는 그의 머리카락을 손으로 거머쥐고 도시로 내려갔습니다. 그런데 검은 연기가 사라지고 없지 뭡니까! 단지 제 입에서만 가느다란 연기가 나오고 있을 뿐이었습니다. 그제야 진실을 알게 되었습니다. 이 나라를 에워싸던 검은 연기는 우리 모두의

입에서 나온 것이었습니다. 하지만 한 사람 한 사람의 입에서 조금씩 나왔기 때문에, 우리가 뿜어 낸 검은 연기를 알아채지 못했던 것입니다. 조금씩 나왔던 그 검은 연기가 한데 모이자 연기가 짙어지면서 사방이 캄캄해졌던 것입니다.

  나는 이 사건을 이 비문에 새겼습니다. 이곳에 사람의 발길이 닿는다면 이 글을 읽고, 사람들이 검은 연기에서 어떻게 벗어날 수 있을지를 말해 주었으면 했기 때문입니다.

  나의 무덤은 이 비문 바로 밑에 있습니다. 평온에 이르지 못한 통치자의 머리도 내 곁에 있습니다.

  '평온의 나라'는 평온에 이르지 못했습니다. 마지막 비문에 새겨진 글은 완성되지 못한 채 여기에서 끝맺고 있었습니다.

거대한 첫토미

　옛날 옛적 어느 곳에 눈이 밝고, 건장하고, 호탕하기로 유명한 사람들이 살고 있었습니다. 이들은 모두 한 종족이었습니다. 이 종족의 남자들은 아주 거칠었으며, 지치지도 않고 싸움을 계속했고, 물러설 줄 몰랐으며, 두려움도 몰랐습니다. 여자들도 남자들처럼 용감했습니다. 모두들 자기 나름의 방식대로 살아가고 있었습니다. 내 땅 네 땅이라는 것이 없었으며, 그저 마음에 들거나 내키는 장소에 천막을 치고 머물면서 자유롭게 살았습니다. 남녀노소 할 것 없이 말을 타고, 허리에 보따리를 묶고 들판을 돌아다니며 자유롭게 살다 죽었습니다.
　그러던 어느 날 그들 사이에서 장수 중의 장수가 나와, 이 이동 생활에서 벗어나 자신들의 종족을 한곳에 정착시키려는 계획을 세웠습니다. 그런데 그것은 쉽게 될 수 있는 일이 아니었습니다. 정처 없이 떠돌아다니며 아무 데서나 자고 여름에는 초원에서, 겨울에는 겨울용 움막에서 지내는 사람들에게 이 뜻을 설명하는 것이 쉽지 않았습니다.

그리하여 그는 동족들을 한곳에 모이게 하고는 이렇게 말했습니다.

"여러분! 나의 동족들이여, 나의 형제들이여, 나의 동지들이여! 우리 모두 함께 다른 종족들처럼 정착을 합시다, 나라를 가집시다, 집을 지읍시다. 우리의 천막들이 마을이 되고, 마을이 도시가 되도록 합시다."

입이 닳도록 말을 했지만 아무도 그의 말에 귀 기울이지 않았습니다. 이 종족에서는 팔의 힘이 사고의 힘보다 더 셌기 때문에, 이 덕 많고 학식 많은 장수는 며칠 동안 온 힘을 쏟아 철퇴 하나를 만들었습니다. 그런데 그 철퇴는 그냥 평범한 철퇴가 아니었습니다. 머리 부분이 거인 머리만큼이나 컸습니다. 당연히 그 철퇴의 손잡이도 말할 필요가 없었습니다. 그 철퇴의 동그란 부분에는 끝이 뾰족한 돌기들이 있어 그 철퇴로 한번 치면 어떤 생물이든지, 거인의 왕일지라도 갈기갈기 찢겨 죽을 수 있었습니다.

그 장수는 매일 무거운 물건을 들어 올리는 연습을 했습니다.

날이 갈수록 그는 250킬로그램짜리 저울 추를 마치 공깃돌을 가지고 놀듯 놀았습니다. 마침내 근육이 철처럼 단단해지자 그는 그 커다란 철퇴를 동족들의 머리 위로 휘두르며 이렇게 말했습니다.

"이제 더 이상 두고 보지 않겠다. 말을 듣지 않으니 힘으로 할 수밖에 없다. 누구든 나를 반대하는 사람이 있으면, 지금 내 손에 들고 있는 철퇴로 머리를 쳐 버리겠다. 이제 잔말 말고 모두 내 뒤를 따라오너라!"

그 누가 그에게 저항할 수 있겠습니까? 그 장수는 거대한 철퇴를 마치 새털처럼 가볍게 다루고 있었습니다. 사람들이 불만을 토로하기라도 하면 그는 즉시 그 거대한 철퇴를 휘둘렀습니다. 철퇴를 맞은 사람들은 그 자리에서 죽었고, 뒤에는 갈가리 찢긴 살덩이들만이 남았습니다. 게다가 철퇴를 한번 휘두르기만 하면 그 소리가 며칠 동안 사방을 메아리쳤습니다.

그리하여 이 종족은 한 물가에 정착하게 되었습니다. 집을 짓고, 여러 물건들을 만들고, 모든 것을 정비했습니다. 그러는 와중에 집이 마을이 되고, 마을이 도시가 되었습니다. 도시는 점점 커지고 발전하였습니다. 법을 만들고, 통치자를 선출하는 등 모든 일이 잘 돌아갔습니다. 가끔씩 이 질서에 저항하는 사람이라도 나오면 그 장수는 철퇴를 들었습니다.

"썩 꺼지지 못할까?"

그는 이렇게 고함을 지르면서 그 훼방꾼의 머리에 철퇴를 휘둘렀습니다.

그렇다면 훼방꾼이 한 명이 아니라 1,000명이면 어땠을까요? 그 철퇴 앞에서는 1,000명이 아니라 10만 명이라도 무서울 것이 없었습니다. 장수가 철퇴를 들고 허공에 한번 휘두르면 아무리 거대한 군대라도 그 앞에 무릎을 꿇었습니다.

시간이 흘러 이들은 결국 한 나라를 세우기에 이릅니다. 그 장수도 그 나라의 통치자가 되었습니다. 시간이 흐를수록 나라에는 사람이 넘쳐 나서 수용하기가 힘들어졌습니다.

통치자가 된 장수는 손에 철퇴를 들고 이렇게 외쳤습니다.

"남자들이여, 용사들이여, 내 뒤를 따르라!"

그리하여 용사들은 말을 타고 통치자의 뒤를 따랐습니다. 이웃 나라에 사는 사람들을 굴복시키고 그곳에서 귀중한 것은 무엇이든 간에 다 빼앗았습니다. 그리고 세금을 내라는 조건을 붙이고는 자신들의 나라로 돌아갔습니다.

이 모든 성공이 철퇴에 있었기 때문에 그 철퇴는 신성시되었습니다. 어느 곳에서든 철퇴는 맨 앞에 있게 되었습니다.

많은 시간이 흘러 그 통치자는 죽음의 문턱에 이르게 되었습니다. 마지막 숨을 몰아쉬며 큰아들을 머리맡으로 불렀습니다.

"아들아, 나는 이 나라를 철퇴로 세웠다. 이제 그 신성한 철퇴를 네게 맡기겠다. 철퇴의 가치를 알고 잘 사용하거라. 절대 철퇴를 우습게 보면 안 된다. 네게 필요한 일이 있으면 이 철퇴가 모두 해결해 줄 거다."

아버지가 죽자 아들이 통치자의 자리에 올랐습니다. 그러자 나라 여기저기서 "저 젊은 사람이 어떻게 우리의 통치자가 될 수 있겠어!"라는 말과 함께 반란이 일어나기 시작했습니다.

젊은이는 아버지의 유산인 철퇴를 들고, 아버지에게서 배운 그대로 허공에서 철퇴를 돌려 가면서 반란자들을 처단하기 시작했습니다. 철퇴를 맞은 사람들이 갈가리 찢기면서 그 나라는 말없고 조용한 곳이 되었습니다.

젊은 통치자는 내부의 반란자들을 잠재운 후에 이웃 나라를 침범했습니다. 그곳을 완전히 폐허로 만든 후 다시 오른쪽에 있는 나라로 갔습니다. 그 나라로부터도 역시 매달 조공을 받았습니다. 그는 철퇴를 항상 옆에 끼고 두려움 없이 살았습니다.

세월이 흘러 그도 나이가 들자, 철퇴를 아들에게 물려주고 통치자 자리에 아들을 앉혔습니다. 그날 이후로 이 철퇴는 상속되기 시작했습니다. 사람들은 그 철퇴를 지닌 사람을 '술탄'이라고 부르기 시작했습니다.

세월이 흘러 술탄 중 한 명이 이렇게 말했습니다.

"이렇게 아무것도 하지 않고 앉아만 있는 것은 우리에게 어울리지 않는다. 이렇게 가면 녹이 슬고 말 것이다. 적들에게 철퇴를 휘두르자. 우리 조상들의 침략 정신을 쇄신하자!"

그리하여 그들은 위쪽에 있는 나라를 침략했습니다. 그 나라 사람들은 두려워서 자신들의 나라를 두꺼운 벽으로 빙 둘러쳤습니다. 두꺼운 벽을 뚫고 무너뜨리는 법을 알지 못한 술탄은 뒤로 물러나 거대한 철퇴를 꽝 하고 벽에 내리쳤지만 벽은 꿈쩍도 하지 않았습니다. 마치 파리 한 마리가 코끼리 몸을 내리치는 격이었습니다.

그래도 아무런 소용이 없자 술탄은 고함을 질렀습니다.

"용사들이여! 이 벽에 어디 썩은 부분이나 낮은 문이 없느냐?"

술탄은 결국 그 벽에 손가락만 한 구멍도 뚫지 못하고 자기 나라로 되돌아올 수밖에 없었습니다. 그는 회의를 소집해 학자들에게 조언을 요청했습니다.

술탄은 그들에게 이렇게 말했습니다.

"나의 고귀한 학자들이여! 이 얼마나 놀라운 일이더냐? 짐도 타계하신 선친처럼 고함을 지르며 철퇴를 휘둘렀다. 내 힘과 용맹함은 조상들과 비교해 결코 뒤지지 않는다. 그런데 왜 적의 벽이 우리 철퇴에 맞아도 꿈쩍하지 않는 것이냐?"

그러자 대학자가 이렇게 말했습니다.

"고귀하신 술탄이시여, 술탄의 힘과 용맹성은 과거의 조상님들과 같습니다. 힘도 과거의 선친처럼 세고 철퇴도 옛날의 그 철퇴입니다. 그런데 지금은 과거의 그 시기가 아닙니다. 벽도 옛날의 벽이 아니고요. 선친 시절에 그 벽은 두께가 140센티미터였고, 높이는 350센티미터였습니다. 이제 적들은 자신들의 머리를 내리칠 철퇴에 대한 두려움 때문에 지략을 짜 두 배 더 두껍게 벽을 쌓았던 것입니다."

"그게 무슨 말이냐? 그럼 철퇴가 더 이상 쓸모가 없다는 말이냐?"

술탄이 이렇게 말하며 갈팡질팡하자, 대학자는 이렇게 대답했습니다.

"심려 마십시오, 술탄. 우리도 철퇴의 길이와 무게를 두 배로 늘리고, 철퇴의 머리 부분에 돌기를 두 배로 더 많이 만들고, 술탄께서도 선친보다 두 배 더 큰 소리로 고함을 지르시면 적의 벽은 술탄의 철퇴 아래서 모래처럼 가루가 되고 말 것입니다."

그리하여 대학자의 건의를 실행에 옮겼습니다. 하지만 술탄이 철퇴의 손잡이를 잡았지만 꿈쩍도 하지 않았습니다.

대학자는 이에 대한 해결책도 내놓았습니다.

"내일부터 당장 연습을 하십시오. 처음에 염소를 들어 올리기 시작해 일주일이 지나면 염소를 들어 올리는 일에 익숙해지실 겁니다. 그런 다음에는 갓 태어난 송아지를 들어 올리시오. 갓 태어난 송아지를 깃털처럼 가볍게 들어 올리는 일에 익숙해지시면 송아지로 옮겨 가십시오. 그런 다음에 암소, 황소, 투우를 한 손으로 들어 올리는 연습을 하십시오. 그런 후 철퇴를 들어 올리는 시도를 하시면 됩니다."

술탄은 대학자가 말한 것들을 그대로 시행했습니다. 그러자 그의 힘이 얼마나 세졌는지 살고 있는 궁전을 등에 업고 들어 올릴 수 있을 정도였습니다. 그는 거대한 철퇴를 방망이처럼 손에 들고는 이렇게 고함을 쳤습니다.

"용사들이여, 내 뒤를 따르라! 공격하자!"

그들은 적군의 나라로 향했습니다. 술탄이 기합을 넣고 철퇴를 휘두르자 벽이 순식간에 산산조각 났습니다. 그들은 이들로부터도 조공을 바치겠다는 약조를 받은 후 자신들의 나라로 돌아갔습니다.

세월이 흘러 그 술탄이 죽자 철퇴는 아들에게 남게 되었습니다.

새로 등극한 술탄도 이렇게 말했습니다.

"용사들이여! 이렇게 하릴없이 빈둥거리고 게으르게 사는 것은 우리에게 어울리지 않는다. 선친께서 남겨 주신 철퇴가 녹슬기 전에 적들을 침략하자."

그들은 밑에 위치한 이웃나라를 공격했습니다. 술탄이 거듭해서 적의 성벽을 향해 철퇴를 휘둘렀지만 성벽은 손가락으로 수박을 치듯 딩딩 소리만 날 뿐 벽돌 한 장도 깨뜨리지 못했습니다. 술탄이 철퇴를 막대기처럼 휘둘렀지만 벽은 북처럼 둥둥 소리만 냈을 뿐입니다. 그들은 어쩔 수 없이 자신들의 나라로 돌아갈 수밖에 없었습니다. 술탄은 학자들을 소집했습니다.

"숭고한 학자들이여, 우리 조상들이 이룩한 통치력이 이제는 사라졌는가? 적의 성들이 어떻게 우리의 철퇴에 무너지지 않는가? 우리가 조상들보다 부족한 것이 무엇인가? 무엇이 모자란가?"

그러자 대학자가 이렇게 말했습니다.

"술탄이시여! 우리의 용맹성은 예전과 같습니다. 철퇴도 과거의 그 철퇴가 맞습니다. 하지만 벽이 옛날의 벽이 아닙니다. 지금의 벽은 선친 시대의 벽 두께보다 두 배 두꺼워졌습니다. 철퇴를 두 배나 더 크고, 길고, 무겁게 만들어야 합니다. 그리하면 적군을 무너뜨릴 수 있습니다."

그리하여 대학자가 건의한 것을 실행에 옮겼습니다. 철퇴는 커다란 산이 되었습니다. 들려고 해도 그 자리에서 꿈쩍도 하지 않았습니다.

이에 대학자가 말했습니다.

"술탄이시여, 철퇴의 머리 부분을 술탄께서 잡으시고 다른 한쪽 끝을 대신들이 들고 적의 성을 향해 휘두르면 벽을 무너뜨릴 수 있습니다. 그리고 철퇴가 낸 구멍을 통해 군대가 들어가면 됩니다."

그들은 대학자가 말한 대로 이행했습니다. 그리하여 그 나라를 짓밟고 통치하는 데 성공했습니다.

세월이 흘러 이 철퇴는 커지고 커져, 아버지에게서 아들로 전해지고 전해졌습니다. 이 철퇴 크기의 책을 쓴다면, 그 책은 어디에도 보관할 수 없을 것이며 그 무게로 말하자면 세계를 무너뜨릴 수도 있을 것입니다. 적들이 성벽을 두껍게 쌓을수록 그들도 철퇴를 더 크게 만들었으니까요.

과거를 보고, 현재를 살고, 미래를 아는 옛 사람들은 이후에 일어난 일을 두 가지로 설명했습니다.

이들 중 한 무리는 이렇게 말했습니다. 철퇴가 너무나 커 세상을 덮었기 때문에 들 수도, 휘두를 수도 없었습니다. 그러니까 꿈쩍도 하지 않았다는 것입니다.

또 다른 사람들은 이렇게 말했습니다. 거대한 철퇴를 들기 위해 얼마나 많은 사람이 필요했던지, 총리대신이 한쪽을 들고 대신들이 다른 한쪽을 들어도 철퇴는 제구실을 하지 못했습니다.

술탄이 이렇게 물었습니다.

"이게 도대체 어쩐 일이냐? 우리 조상보다 우리가 부족한 것이 무엇이냐?"

학자들이 한자리에 모였습니다.

"술탄이시여! 술탄께서는 조상님들과 다를 게 없습니다. 용맹성과 힘도 예전과 다름없습니다. 하지만 벽은 옛날의 벽이 아닙니다. 시간도 과거의 시간이 아니고요."

"그러니까 철퇴가 이제는 쓸모가 없다는 말이냐? 그렇다면 우리의 힘도 끝난 거나 마찬가지가 아니냐."

이웃나라들은 빼앗긴 땅들을 하나하나 되찾기 시작했습니다. 그러면서 술탄의 나라는 작아지고 작아졌습니다. 그러자 철퇴를 사용하지 못한다면 술탄이 무슨 쓸모가 있는지 논의되기 시작했습니다. 그리하여 술탄을 폐위하고 그 자리에 술탄을 폐위한 사람들이 앉았습니다. 그 자리에 앉기는 앉았지만, 그 철퇴는 어찌할 것인가?

누군가 이렇게 말했습니다.

"술탄을 버렸으니 철퇴도 버립시다!"

하지만 이 말은 수용되지 않았습니다.

"우리의 모든 위용과 찬란한 과거를 설명하는 그 신성한 철퇴를 어떻게 버릴 수 있겠습니까? 그것은 우리 고유의 자아입니다. 그것을 볼수록, '아, 아, 옛날이여……. 철퇴를 휘두르며 위용을 떨쳤던 조상이여…….' 라며 자랑스러워해야 합니다."

술탄도, 술탄제도 사라졌지만 술탄의 철퇴는 남게 되었습니다. 그러자 사람들은 이제 다른 고민을 하게 되었습니다. 철퇴를 어디에 보관할 것인가? 누구는 "박물관에 전시합시다."라고 말했고, 누구는 "광장에 세워 둡시다."라고 말했습니다.

그들은 고심을 거듭했습니다.

"가장 좋은 것은 모든 사람들이 매일 볼 수 있는 곳에 매달아 역사적인 철퇴를 보고 자랑스러워하도록 하는 겁니다."

그리하여 사람들은 이 철퇴를 도시의 성문에 걸었습니다. 그 도시에 사는 사람들은 매일 이 문을 왕래했습니다. 하지만 일은 이것으로 끝나지 않았습니다. 철퇴는 때때로 그 문을 지나는 사람 머리 위로 머리 떨어져 사람을 깔려 죽게 만들기도 했던 것입니다. 그러면 사람들은 다시 힘을 모아 그 철퇴를 들어 올려 다시 제자리에 걸었습니다. 하지만 얼마 지나지 않아 철퇴는 다시 그곳을 지나는 사람 위로 떨어지곤 했습니다. 사람들은 다시 철퇴를 들어 올려, 다시는 떨어지지 않도록 두꺼운 사슬로 단단히 묶었습니다. 하지만 도무지 철퇴를 제자리에 붙어 있게 할 수가 없었습니다.

철퇴는 또 사슬을 끊고 사람들의 머리 위로 떨어졌습니다. 얼

마나 많은 사람들이 죽었던지, 그 밑을 지나가다 죽은 사람들을 일컬어 '철퇴 희생자'라 부를 정도였습니다. 모든 수단을 다 동원했지만 도무지 철퇴 희생자가 발생하는 일은 줄어들지 않았습니다.

얼마 지나 그 일의 진상이 밝혀지게 되었습니다. 수백 년 동안 철퇴가 이 사람 저 사람의 머리를 내리쳤기 때문에, 철퇴는 이 일에 너무나 익숙해져 있었던 것입니다. 그러니까 이 철퇴는 살아 있는 괴물이 되었고, 있던 곳에서 가만있지 않고 꼭 누군가의 머리를 내리쳤던 것입니다.

과거 술탄의 자리에 오른 사람들, 그리고 그 이후에 그 자리에 오른 사람들, 이후에 그 자리에 오른 사람들은 이 철퇴 희생자가 발생하는 일에 종지부를 찍어야 한다고 생각했습니다. 철퇴 희생자들이 얼마나 많았던지 그 나라에 사는 사람들 중에서, "우린 이 철퇴가 싫습니다."라고 말하는 사람들이 갈수록 늘어났기 때문입니다. 하지만 그렇다고 해서 철퇴를 버리는 것은 있을 수 없는 일이었습니다. 철퇴를 버린다면 이제 자랑스럽게 여길 게 아무것도 남지 않게 될 것이기 때문이었습니다. 그들은 철퇴를 바라보며 "세상에, 우리가 아버지의 아버지의 아버지의 아버지의 시대에 얼마나 강력하게 철퇴를 휘둘렀던가!"라고 말하며, 그 철퇴에서 모든 힘을 얻었던 것입니다. 철퇴를 없애면 과거의 술탄이 그러했듯이 그들도 사라지고 말 것입니다.

철퇴가 누구의 머리 위로 떨어질지 알면 문제 될 게 없겠지만 철퇴는 가만히 잘 있다가도 지나는 사람들 머리 위로 불쑥 떨어졌습니다. 모두들 그 문을 꼭 지나가야만 했습니다. 그리하여 고심을 거듭한 끝에 다음과 같은 결론을 내렸습니다.

"이 철퇴가 누군가의 머리에 떨어지는 것은 분명 이유가 있을 것이다. 그 이유가 무엇인지 아느냐? 우리 조상이 남겨 준 이 철퇴는 죄인들에게 떨어져 그들의 머리를 내리친다. 철퇴가 누군가의 머리를 내리친다면 그건 그 사람이 죄가 있기 때문이다."

국민들 대부분은 이 말을 믿었습니다. 그날 이후로 철퇴가 누군가의 머리 위로 떨어지면 사람들은 이렇게 말했습니다.

"저 사람이 죄인이다. 드디어 벌을 받았어."

그가 죄인이고 그래서 벌을 받았다고 칩시다. 그렇다면 그의 죄는 무엇이었을까요? 이번에는 그의 죄가 무엇인지를 알아내는 일이 남아 있었습니다. 죄를 찾는 일도 그리 어렵지 않았습니다. 왜냐하면 철퇴 밑에 깔려 죽은 사람에게서 어찌 되었든 간에 죄를 찾을 수 있었기 때문입니다. 사람들은 철퇴 희생자를 보고는 이렇게 말했습니다.

"봐, 봐, 키가 작잖아. 그러니까 이것 때문에 철퇴는 그를 죽였어."

또 다른 철퇴 희생자를 보고는 이렇게 말했습니다.

"철퇴가 그의 머리를 쓸데없이 짓이긴 게 아냐. 봐, 피부가 검잖아."

철퇴가 짓이긴 사람들의 죄는, 누구는 뚱뚱해서, 누구는 삐쩍 말라서, 누군가는 피부가 하얗고 금발이라서, 누군가는 안경을 써서, 누군가는 머리를 빗지 않아서 등등 가지가지였습니다.

이 나라에서 이 철퇴는 죄인을 찾는 일에 유용했습니다. 먼저 죄인을 택하고, 목숨으로 그 벌을 받고, 나중에 그에 적합한 죄목을 찾아냈던 것입니다.

많은 세월이 흘렀습니다……

이제 이 이야기의 끝을 여러분도 아실 겁니다.

어느 날 거대한 의식이 행해지고 있었습니다. 누군가가 철퇴 아래서 연설을 하고 있었습니다. 그때 철퇴가 갑자기 연설자 위로 떨어졌습니다. 그다음에 무슨 일이 일어났는지 아십니까? 사람들은 철퇴를 들어 다시 제자리에 올려놓았답니다.

그림자가 없는 사람들

옛날에 어디에 있는지도 알 수 없고 역사에도 기록되어 있지 않은 나라가 있었습니다. 그런데 어느 날부터인가 이곳 사람들의 모습이 변하기 시작하였습니다. 머리가 서서히 어깨 안으로 파묻히면서 등과 허리가 굽어 제대로 걸을 수도 없게 되었습니다. 이 변화는 날이 갈수록 심해져 끝내 모든 사람들이 신음하기에 이르렀습니다.

"더 이상 견딜 수 없어!"

"더 이상 감당할 수 없어!"

등이 굽으면서 어깨가 갈비뼈까지 내려앉아 발걸음도 떼지 못하는 사람들의 고통스러운 비명 소리가 하늘을 찔렀습니다.

"더 이상 견딜 수 없어!"

"더 이상 감당할 수 없어!"

이 소리는 마침내 통치자의 귀에까지 닿았습니다.

"내 잠을 설치게 하는 이 이상한 소리는 어디에서 나오는 것이냐?"

신하들이 대답했습니다.

"전하, 그것은 백성들의 소리입니다. 처음에는 그저 우리에게 웅얼거리는 소리로밖에 들리지 않아 별 신경을 쓰지 않았습니다. 이후 이것이 중얼거림으로 바뀌었지만 그래도 신경 쓰지 않았습니다. 나중에는 웅웅거리는 소리로 변했지만, 그래도 우리는 신경 쓰지 않았습니다. 하지만 갈수록 발광하는 것이었습니다. 명령만 내리신다면 목의 성대를 떼어 내서라도 그들을 조용히 시키도록 하겠습니다."

"중세기는 예전에 지나갔다. 지금은 신세계다. 달력을 봐라. 오늘은 목요일이다. 내일 모두 대광장에 모이게 하라. 내가 그들과 이야기하겠다."

백성들은 대광장에 모였습니다. 자기 앞에 머리를 숙이고 어깨를 축 늘어뜨린 허리가 굽은 사람들을 보고 매우 놀란 통치자는 그들을 불쌍히 여겼습니다.

"아이고, 아이고, 아이고, 너희들에게 이게 무슨 일이냐?"

사람들은 쉬지 않고 이렇게 소리쳤습니다.

"더 이상 견딜 수 없습니다!"

"더 이상 감당할 수 없습니다!"

통치자는 그들 중에서 연륜이 있는 몇 명을 곁으로 불렀습니다.

"내게 말해 봐라. 너희가 견딜 수 없는 것이 무엇이냐? 허심탄회하게 이야기하라!"

"존경하는 통치자님! 저희도 이해할 수 없는 일이 일어났습니다. 무거운 철퇴가 달린 쇠고랑에 발이 묶여 있는 것처럼 도저히 발걸음을 뗄 수도 걸을 수도 없습니다. 우리를 땅속으로 이끄는 이 보이지 않는 무게는 갈수록 늘어나고 있습니다. 이런 식으로 계속되다간 끝내 땅에 박혀 인목(人木)이 될까 두렵습니다."

그러자 통치자가 물었습니다.

"알겠다. 그렇다면 너희들이 감당하지 못하는 것이 무엇이냐?"

"우리의 등에 알 수 없는 짐 하나가 얹혀 있는 것 같습니다. 이 짐은 날이 갈수록 무거워져 우리 등을 내리누르고 있습니다. 우리의 머리는 어깨 안으로 파묻히고, 어깨는 축 늘어졌습니다. 우리는 더 이상 이를 감당할 수 없습니다."

그러자 통치자는 광장을 꽉 메운 사람들에게 이렇게 말했습니다.

"사랑하는 백성들아! 걱정하지 마라. 너희들의 등에 있는 짐이 무엇인지 나의 학자들이 조사할 것이다. 반드시 다시 예전과 같은 상황으로 돌아가게 될 것이다."

대광장을 꽉 메운 군중들은 기뻐하며 모두들 뿔뿔이 흩어졌습니다. 통치자는 궁전에 있는 학자들을 모아 이렇게 명령했습니다.

"나는 이런 날을 대비해 그대들을 먹여 살려 왔다. 자, 이제 내게 진 빚의 일부라도 갚아야겠다. 백성들이 무엇을 감당하지 못하고, 무엇을 견딜 수 없어 하는지 조사하여 찾아내라. 너희들이 찾는 게 그 무엇이든지 간에 내 신경을 건드리지 않는 것이어야 한다. 그대들의 임무는 바로 이것이 아니더냐? 자! 그대들의 능력을 보여 다오. 내가 원하는 형태로 연구해서 학문을 통해 백성이 소리 지르는 것을 막아라."

궁전에 있는 마흔 명의 학자는 이렇게 말했습니다.

"분부대로 거행하겠습니다. 대신 우리에게 40일 동안 마흔 개의 땅콩 자루와 포도를 하사하십시오. 그러면 40일째 되는 날 백성이 견디지 못하는 짐과 감당하지 못하는 무게가 무엇인지를 전하의 바람에 맞게 말씀드리겠습니다."

"하지만 40일째가 되어도 원하는 답을 듣지 못하면 그대들을 모두 참수형에 처할 것이다. 그것만은 명심해라."

통치자는 이 마흔 명의 학자들이 노닥거리지 못하도록 궁전의 한 구역에 그들을 가두고 문을 잠갔습니다. 매일 아침 40명의 학자에게 40자루의 땅콩과 포도를 주고는 문을 잠갔습니다.

궁정 소속 학자들이 땅콩과 포도를 먹으며 머리를 맑게 하고 있을 때 "이제는 더 이상 감당할 수 없어. 이제는 더 이상 견딜 수 없어……."라고 외치는 백성들의 고함 소리 때문에 잠을 이루지 못한 통치자는 거의 미칠 지경이었습니다.

통치자는 하루에도 몇 번씩 학자들이 있는 구역으로 가 열쇠 구멍을 통해 마흔 명의 학자들이 무엇을 하는지 엿보았습니다. 학자들은 한 줌 가득 땅콩과 포도를 먹고 자기들끼리 말타기 놀이를 하며 놀고 있었습니다. 통치자는 속으로 '너희들의 머리에서 내가 원하는 해법이 나오지 않으면 마흔 명 모두를 마흔 개 조각으로 잘라, 각 조각을 마흔 마리의 광견병 걸린 개 앞에 던질 테니 두고 봐라.' 라고 말했습니다.

40일째가 되는 날이었습니다. 마흔 명의 궁정 소속 학자들은 감금된 곳을 빠져나와 통치자에게 이렇게 말했습니다.

"전하, 저희는 40일 동안 밤낮으로 연구하고, 생각하고, 조사한 끝에 드디어 백성에게 무거운 짐이 되는 것이 무엇인지를 찾았습니다. 전하, 백성들에게 짐이 되는 것은 자신들의 그림자입니다. 백성들은 그림자를 견딜 수 없어 합니다. 그림자가 그들의 발을 놔주지 않습니다. 이러한 이유로 과거처럼 뛰거나 걷지 못하는 것입니다. 그림자가 밑으로 끌어당길수록 그들은 등에 짐을 짊어진 것처럼 고통스러워합니다."

통치자는 너무나 기뻤습니다.

"학문만 한 것이 어디 있더냐. 즉시 백성들에게 이 결과를 전하라. 그들의 적은 자신의 그림자다. 등에 있는 짐과 다리에 있는 무게로부터 벗어나고 싶으면 그림자를 던져 버리라고 하라. 그림자를 떼어 놓고, 그림자 없이 살라고 하라."

이 명령을 국민들에게 전하자 국민들도 기뻐했습니다.

그날 이후 사람들은 자신의 그림자와 큰 전쟁을 벌였습니다. 누군가는 그림자로부터 벗어나기 위해 온 힘을 다해 달아났습니다. 하지만 도무지 그림자에서 벗어날 수가 없었습니다. 숨을 멈추고 다시 일어나서 그림자보다도 더 빨리 달렸지만 그림자로부터 벗어날 수가 없었습니다. 말이나 차를 타고 도망치기도 하였습니다. 하지만 무엇을 해도 그림자는 그들을 놓아주지 않았습니다.

그들은 아침에 일어나 그림자를 보고는 그림자와 반대되는 방향으로 걸었습니다. 아침부터 정오까지 그림자들이 서쪽에 드리워져 있기 때문에 그들은 벗어나고 싶은 그림자를 뒤로 하고 끊임없이 동쪽을 향해 달렸습니다. 하지만 오후가 되면 그림자들은 그들을 따라잡으면서 저녁 무렵에는 항상 그들 앞에 있었습니다. 그러면 그들은 그림자로부터 벗어나기 위해 반대로 돌아서서 그림자를 뒤로 하고 서쪽을 향해 끊임없이 달렸습니다.

그들의 하루는 이렇게 지나갔습니다. 매일 아침 눈을 뜨면 그들 중 똑똑하다고 하는 사람들이 이렇게 말했습니다.

"여러분, 우리가 벗어날 길은 동쪽에 있소. 우리 모두 동쪽을 향해 뜁시다."

그런 후 동쪽을 향해 모두 함께 뛰었습니다. 하지만 오후가 되면 그림자들은 이내 그들을 따라잡았습니다.

그러면 그들 중 또 다른 사람은 이렇게 말했습니다.

"여러분, 우리가 벗어날 길은 서쪽에 있소. 우리 모두 서쪽을 향해 뜁시다."

그들은 자신들에게 무거운 짐이 되는 그림자로부터 벗어나기 위해 한 번은 동쪽으로, 한 번은 서쪽으로, 동쪽에서 서쪽으로, 서쪽에서 동쪽으로 끊임없이 뛰었습니다. 하지만 무엇을 하든지 간에 도무지 등에 있는 짐과 다리에 있는 무게로부터 벗어날 수가 없었습니다. 매일 아침 일련의 사람들이 "동쪽으로 뜁시다." 하고 소리 지르면 다른 똑똑한 사람들은 그들에게 이렇게 말했습니다.

"오랫동안 계속해서 동쪽으로 뛰었습니다. 하지만 그림자로부터 벗어날 수 없었지요. 이는 우리가 잘못된 길로 나아갔기 때문입니다. 우리가 그림자의 무게로부터 벗어나길 원한다면 서쪽을 향해 뛰어야 합니다!"

이번에는 다른 사람들이 이렇게 말했습니다.

"서쪽으로 가도 당신들의 그림자는 당신들을 추월할 것이다. 두고 봐라."

그러면 다른 사람들도 가만히 있지 않았습니다.

"우리가 빨리 달리지 않기 때문이야. 서쪽을 향해 빨리 달린다면 우리의 그림자를 따라잡고 우리가 지고 있는 짐과 끌고 다니는 무게로부터 벗어날 수 있을 거야."

오후에 그림자가 그들을 추월하여, 반대로 돌아 서쪽으로 뛰어가기 시작했을 때 동쪽으로 가라고 충고했던 똑똑한 사람들은 이렇게 말했습니다.

"서쪽으로 가지 마. 동쪽을 향해 더 빨리 뛴다면 우리의 그림자를 추월할 수 있어."

이러한 이유로 그 나라의 똑똑한 사람들, 학자들 사이에 끝나지 않는 논쟁과 불화가 시작되었습니다. 도무지 동쪽으로 가야 그림자의 무게에서 벗어날지, 서쪽으로 가야 그림자의 무게로부터 벗어날지에 대해서 의견의 일치를 보지 못했습니다. 이렇게 동쪽에서 서쪽으로, 서쪽에서 동쪽으로 뛰는 것으로는 그림자로부터 벗어날 수 없다는 것을 알게 된 일련의 똑똑한 사람들이 이렇게 말했습니다.

"여러분, 둘 다 틀렸소. 동쪽으로도, 서쪽으로도 가지 맙시다. 최선은 동쪽과 서쪽의 중간을 찾아 그곳에 있는 것입니다."

그들은 이것도 시도해 보았습니다. 정오 무렵, 그림자가 작아지고 줄어들자 기뻐하기 시작했습니다.

"아! 이제 우리는 그림자로부터 벗어나고 있어."

하지만 얼마나 작아지든지 간에 그림자는 완전히 사라지지 않았습니다. 왜냐하면 정오가 지나면 그림자는 다시 길어지고 커졌기 때문입니다. 그들은 그림자로부터 벗어나기 위해 서쪽을 향해 도망쳤습니다.

어떤 사람은 서쪽으로, 어떤 사람은 동쪽으로, 어떤 사람은 동쪽도 서쪽도 아니라고 말하며 논쟁을 계속하는 사이 국민들은 서서히 지쳐 갔습니다. 그리하여 다시 고함치기 시작했습니다.

"더 이상 견딜 수 없어!"

"더 이상 감당할 수 없어!"

그 나라의 통치자는 궁전 벽에서 메아리치는 이 소리를 듣고 불안해져 소리쳤습니다.

"이 소음은 뭐냐? 도저히 잠을 잘 수가 없다."

그러자 부하들이 이렇게 말했습니다.

"동쪽으로 뛰고, 서쪽으로 뛰고, 제자리에 서 있어도 도무지 그림자로부터 벗어나지 못한 국민들이 소리 지르고 있습니다. 전하."

통치자는 마흔 명의 궁정 소속 학자들을 모아 이렇게 명령했습니다.

"너희들의 지식을 보여 주어라. 내가 너희들을 쓸데없이 먹여 살린 줄 아느냐? 국민들이 그림자로부터 벗어나 다시는 이토록 시끄럽지 않도록 하라."

마흔 명의 학자가 말했습니다.

"분부대로 이행하겠습니다. 40일 동안 우리에게 하루에 땅콩 마흔 자루와 포도를 하사하시면 우리의 두뇌 활동이 활발해질 것입니다. 그러면 전하께서 원하시는 대로 국민들이 그림자에서 벗어나는 방법을 찾겠습니다."

통치자는 마흔 명의 궁정 소속 학자들을 궁전의 한 구역에 몰아 넣고 문을 잠갔습니다. 매일 아침 마흔 명의 학자에게 마흔 자루의 땅콩과 포도를 주고 문을 다시 잠갔습니다. 그들이 무엇을 하는지 궁금했던 통치자는 열쇠 구멍으로 그들을 지켜보았습니다. 마흔 명의 학자는 땅콩과 포도를 먹고 말타기 놀이를 하면서 놀았습니다.

40일째 되는 날 문이 열리고 대학자가 이렇게 말했습니다.

"우리는 땅콩과 포도를 먹고 머리가 맑아졌습니다. 그 덕분에 전하가 바라시는 대답을 찾아냈습니다."

"어떻게?"

통치자가 물었습니다.

"전하, 그들은 밤이 되어서야 비로소 그림자에서 벗어날 수 있습니다. 그러니까 그림자는 어둠 속에서 살지 못합니다. 국민이 자신의 그림자에서 벗어나기 위해서는 밤이 되어야만 합니다."

이 말을 듣고 너무 화가 난 통치자가 물었습니다.

"그럼 낮에는 어쩌란 말이냐?"

대학자가 대답했습니다.

"낮에는 햇빛이 들어올 수 없도록 지붕을 만들면 됩니다. '더 이상 견딜 수 없어!' 라고 고함을 지르는 사람들을 이 폐쇄된 어두운 공간으로 넣으면 됩니다. 그림자들을 문 밖에 놓고 어두운 지붕 밑으로 들어가면, 그림자의 무게에서 벗어나게 됩니다."

통치자는 대낮의 빛이 들어오지 않도록 바늘구멍만큼의 틈도 없는 칠흑 같은 장소를 만들게 했습니다. 누군가 "이제 더 이상 견딜 수 없어, 이제 더 이상 감당할 수 없어!"라고 소리치면, 그를 붙잡아 어두운 지붕 아래로 던졌습니다. 그러자 그림자가 없는 사람들은 더 이상 불평을 하지 않게 되었습니다.

누구든지 고함을 지르면 사람은 안으로, 그 사람의 그림자는 밖으로 던졌습니다. 밖은 그림자들로, 안은 그림자 없는 사람들로 꽉 찼습니다. 컴컴한 그곳이 사람들로 가득 차면 조금씩 공간을 넓혀 갔습니다. 이렇게 해서 나라 전체가 하나의 폐쇄된 어두운 공간이 되었습니다. 이제 이 나라에서 햇빛을 볼 수 있는 곳은 극히 드물었습니다. 밀폐된 공간 밖으로는 통치자를 비롯한 궁정인들과 궁정 소속 학자들 및 시민들의 그림자만이 남게 되었습니다. 이 그림자들도 그나마 밤에는 사라지고, 낮에만 그 모습을 드러냈습니다.

오랜 세월 동안 인류의 그림자 역할을 하며 사람들과 함께 살아온 이 그림자들은 이제 하나의 사람 형태가 되었습니다. 사람 같기는 했지만, 도무지 서 있지 못하고 항상 바닥을 기어 다녔습니다. 이러한 그림자들 말고 진짜 사람들도 있었습니다. 하지만 그 사람들도 행여나 잡혀 지붕 아래로 던져질까 두려워, "더 이상 견딜 수 없어! 더 이상 감당할 수 없어!"라고 고함지르지 않았고, 아무 불평도 하지 않았습니다. 가끔 심문을 당하게 될 경우, 아니 심문을 당하지 않더라도 낮말은 새가 듣고 밤말은 쥐가 듣기 때문에, 그림자들이 듣고는 통치자에게 일러바칠지도 모른다는 두려움에 자주 이렇게 말했습니다.

"이제는 익숙해져서 그런지, 그럭저럭 견딜 만해."

그날 이후로 그 나라에는, "더 이상 견딜 수 없어! 더 이상 감당할 수 없어!"라는 소리는 들리지 않았습니다. 그리하여 통치자도 편히 잠을 잘 수 있게 되었습니다.

아, 우리 당나귀들

이 이야기는 우리나라에 언론과 표현의 자유가 오로지 종이쪽지 위의 장식으로만 존재하고, 지식인들이 제대로 말을 할 수 없었던 시절에, 오로지 자신들이 위급한 상황에 처했을 때 진실을 말하려고 하다가 국민들을 이 상황에 빠트리고 이제는 그 진실을 말할 기회조차 없는 불명예스러운 지식인들을 풍자하기 위해서 발표했습니다(1958년).

아, 우리 당나귀들!
우리 당나귀들도 과거에는 당신들 인간들처럼 말을 했다고 합니다. 우리도 우리의 언어가 있었다는 말이지요. 우리 말은 음악처럼 아름답고, 조화롭고, 듣기 좋았다고 합니다. 우리들도 아주 아름답게 말하고, 아주 아름다운 노래를 불렀다고 합니다. 우리는 당나귀이기 때문에 당신들처럼 사람의 말이 아니라 당나귀 말을 사용했다고 합니다. 당나귀 말은 부드럽고, 달콤하고, 조화롭고 풍부한 언어였다고 합니다.

우리 당나귀들은, 과거에는 지금처럼 히힝거리지 않았다고 합니다. 그러니까 우리가 히힝거리기 시작한 것은 훨씬 나중의 일입니다.

지금 우리는, 당신도 아시겠지만, 우리의 모든 바람, 감정, 느낌, 아픔, 기쁨을 우리 서로에게 그리고 인간들에게 히힝거리며 설명하려고 애를 씁니다. 히힝거린다는 말은 무엇을 의미하는 걸까요? "히힝, 히힝"이라는 소리를 내며 연달아 굵고, 가늘고, 긴 소리를 내는 것입니다. 이것이 바로 히힝거리는 거지요. 우리의 풍부한 언어는 이제 겨우 이 두 음절의 한 단어로 남게 되었답니다. 어떤 생물체가 단 하나의 단어로 모든 감정을 설명할 수 있답니까!

어떻게 해서 그 풍부한 당나귀 말이 사라지고 우리 당나귀들이 히힝거리기 시작했는지 궁금하지 않으십니까? 궁금하시다면 설명해 드리지요. 간단하게 말하면 우리의 혀가 굳어 버렸기 때문입니다. 우리에게 일어난 끔찍한 사건 때문에 혀가 굳어 버리는 바람에 당나귀 말을 완전히 잃어버린 거지요. 그날 이후 우리는 히힝거리며, 이 두 음절로만 모든 감정을 표현하려고 애를 쓰고 있답니다.

우리 당나귀들의 혀가 굳어 버린 것은 아주 오래전에 일어났던 한 사건 때문입니다.

아주 오랜 옛날에 늙은 당나귀 한 마리가 있었습니다. 어느 날 이 늙은 당나귀는 들판에서 혼자 풀을 뜯고 있었답니다. 풀도 뜯고, 당나귀 말로 된 노래를 부르고 있었지요. 그러던 중 어떤 냄새를 맡았답니다. 그건 바로 늑대 냄새였지요.

이 늙은 당나귀는 하늘을 향해 숨을 크게 들이마셨답니다. 공기 중에는 아주 진한 늑대 냄새가 퍼져 있었지요.

"아니야, 늑대가 아닐 거야."

늙은 당나귀는 이렇게 자신을 위로하고는 계속 풀을 뜯었습니다. 그러나 늑대 냄새는 갈수록 진해졌습니다. 늑대가 아주 가까이 오고 있다는 게 확연했습니다. 이는 죽음이 다가오고 있다는 말이지요.

"늑대가 아닐 거야, 암, 아니고말고."

늙은 당나귀는 또 이렇게 자신을 위로했습니다. 하지만 늑대 냄새는 갈수록 더 진해지고 있었습니다. 늙은 당나귀는 두렵기도 했지만 애써 이를 외면하며 중얼거렸습니다.

"늑대가 아니어야 할 텐데……. 늑대가 여기로 왜 오겠어. 그리고 온다 해도 나를 어떻게 찾겠어?"

이렇게 자신을 위로하고 있을 때 귀에 어떤 소리가 들려왔습니다. 그건 바로 늑대 소리였습니다. 늙은 당나귀는 귀를 쫑긋 세우고는 주의 깊게 들었습니다. 확실히 늑대 소리였습니다.

"아니야, 이 소리는 늑대 소리가 아냐. 그저 내 귀에 그렇게 들리는 것뿐이야."

늑대가 온다는 것을 도무지 받아들이지 못한 늙은 당나귀는 이 소리를 무시하고는 계속해서 풀을 뜯었습니다. 하지만 그 소리는 갈수록 가까워지고 있었습니다. 그래도 당나귀는 여전히 자신을 위로하고 있었습니다.

"늑대가 아닐 거야, 늑대 소리일 리가 없어!"

그 끔찍한 소리는 아주 가까이에서 들려왔습니다. 늙은 당나귀는 혼잣말을 계속했습니다.

"아니야, 아니야. 이건 늑대 소리가 아닐 거야. 늑대가 어디 할 일이 없어서 여기까지 오겠어!"

하지만 그러면서도 두려운 마음에 주위를 둘러보기 시작했습니다. 그런데 바로 맞은편 언덕, 안개 속에서 늑대 한 마리가 보이지 뭡니까!

"지금 내가 보고 있는 것은 늑대가 아닌 다른 걸 거야."

그는 다시 이렇게 말하고는 풀밭으로 머리를 숙였습니다.

"내가 그렇게 느낀 것일 뿐이야. 환상을 보고 있는 게지. 맞아, 맞아. 이건 환상이야."

그 후 덤불 사이를 뛰어오는 늑대를 보면서도 그는 여전히 이 사실을 외면하며 자신을 속이려고 했습니다.

"늑대가 아니겠지. 뭐가 아쉬워서 이런 곳을 찾겠어! 눈이 안좋으니까 별 게 다 보이는군. 덤불 그림자를 늑대로 착각하다니."

바로 그때 늑대가 다가왔습니다. 이제 늑대는 당나귀 걸음으로 삼사백 보를 사이에 두고 있었습니다.

늙은 당나귀는 신음하기 시작했습니다.

"오, 하느님! 저기 오는 것이 정말 늑대란 말인가요? 아니야, 그럴 리 없어! 그러면 안 되지! 아니야, 아니야, 아, 아니야, 늑대가 아니야!"

늑대와의 거리가 오십 보 정도로 좁혀졌는데도 당나귀는 여전히 늑대의 존재를 인정하지 않았습니다.

"내 앞에 보이는 게 진짜 늑대는 아니겠지? 말도 안 돼. 늑대가 왜 이곳에 오겠어? 아마 낙타일 거야. 어쩌면 코끼리일지도 모르고. 어쩌면 아무것도 아닐 수 있어. 나도 참…… 모든 게 늑대로 보인다니까."

늑대는 이빨을 드러내고 웃으면서 다가왔습니다. 이제 그들 사이에는 겨우 몇 걸음이 남아 있을 뿐이었습니다.

늙은 당나귀는 이렇게 말했답니다.

"난 알아. 지금 다가오고 있는 것은 늑대가 아니야. 그래, 늑대가 아니야. 하지만 여기서 약간 물러나는 것도 나쁘지 않겠군."

그리하여 늙은 당나귀는 천천히 걷기 시작했습니다. 그러는 와중에도 고개를 돌려 뒤돌아 보았습니다. 늑대가 이빨을 드러내고 웃으면서 당나귀 뒤를 따라오고 있었습니다. 늙은 당나귀는 그제야 신에게 애원하기 시작했습니다.

"아, 신이시여! 제발 저기 오고 있는 게 늑대가 아니게 해 주세요. 늑대가 아닐 거야. 내가 쓸데없이 두려워하고 있는 거야."

당나귀는 이렇게 말하고는 좀 더 보폭을 넓혀 걸었습니다. 늑대도 이에 맞춰 따라 걷고 있었습니다. 늙은 당나귀는 뛰기 시작했습니다. 늑대도 따라 뛰기 시작했습니다.

"아, 바보같이 들고양이를 늑대라고 생각하고 도망치다니! 아니야. 늑대가 아닐 거야."

당나귀는 걸음아 날 살려라 하고 뛰기 시작했습니다. 그러면서도 속으로는 이렇게 생각했습니다.

'저건 절대로 늑대가 아닐 거야. 제발 아니어야 할 텐데······.

아니야, 왜 늑대겠어! 말도 안 돼!'

고개를 돌리고 뒤를 돌아보니 늑대의 눈이 활활 타오르고 있는 게 보였습니다. 당나귀는 전속력으로 달리면서 이렇게 중얼거렸 습니다.

"저건 진짜 늑대가 아니야. 빌어먹을. 맹세컨대 늑대가 아니 라고!"

당나귀는 도망치고 늑대는 뒤쫓아 왔습니다. 당나귀는 자신 의 꼬리 밑에서 늑대의 씩씩거리는 숨소리를 듣자 혼잣말을 했 습니다.

"늑대가 아니란 것에 내기를 하지. 내 꼬리 밑에서 숨을 헐떡 이는 이 동물이 늑대일 리가 없어."

늑대의 젖은 코가 당나귀 가랑이 사이에 닿자, 늙은 당나귀는 이 모든 것이 헛수고라는 것을 알게 되었습니다. 고개를 돌려 보니 늑대가 막 덤벼들려고 하는 찰나였습니다. 이제는 한 걸음 도 더 디딜 힘이 남아 있지 않은 늙은 당나귀는 늑대의 날카로 운 시선에 옴짝달싹하지 못하게 되었습니다. 당나귀는 늑대의 시선을 피하려고 눈을 질끈 감았습니다.

"늑대가 아니야, 신경 쓰지 마. 아니겠지. 왜 늑대겠어?"

당나귀는 더듬거리며 이렇게 말했습니다.

늑대가 당나귀의 오른쪽 엉덩이를 움켜쥐자 그 자리에서 쓰러진 당나귀는 이렇게 말했습니다.

"난 알아. 넌 늑대가 아니야. 내 뒤에서 장난치지 마. 간지러워. 난 이런 장난을 좋아하지 않아."

굶주린 늑대는 날카로운 이빨로 당나귀의 엉덩이를 물어 커다란 살점을 떼어 냈습니다. 죽을 듯한 고통으로 땅에 쓰러진 당나귀의 혀가 갑자기 굳어 버렸습니다. 자신이 알고 있던 당나귀 말을 두려움 때문에 잊고 말았습니다. 늑대는 당나귀의 목을 공격했습니다. 사방에 당나귀의 피가 솟구치기 시작했습니다. 그러자 이제야 당나귀는 이렇게 소리치기 시작했습니다.

"히, 늑대였구나. 히, 늑대였어! 히, 늑대였어!"

늑대는 당나귀를 갈기갈기 찢었고, 당나귀는 혀가 굳어 버렸기 때문에 이렇게 소리치고 신음했습니다.

"히, 늑대였어······. 히······."

늑대의 이빨로 갈기갈기 찢어진 채 산과 들을 쩡쩡 울리는 늙은 당나귀의 마지막 말을 다른 모든 당나귀들이 들었습니다.

"히~힝, 히~힝······."

바로 그날 이후, 우리 당나귀 족속들은 말하는 것을 잊었다고 합니다. 우리는 우리의 모든 감정과 생각을 히힝거리며 설명하기 시작했답니다. 그 늙은 당나귀가 위험이 꼬리 밑에 올 때까지 자신을 위로하고 속이지 않았더라면 우리들도 말하는 법을 잊어버리지 않았을 겁니다.
 아, 우리 당나귀들. 아, 우리 당나귀 족속들…….
 히~힝, 히~힝…….

행복한 고양이

　우리는 어제 아주 유명한 여류 도자기 예술가의 전시회에 갔습니다. 전시회 개막식이었습니다. 모든 지인들이 참석한 가운데 화기애애한 분위기 속에서 많은 이야기가 오고 갔습니다. 대화를 하던 중 아주 유명한 한 여류 예술가가 말했습니다.

　"어젯밤 꿈을 꿨어요."

　그러자 어느 시인이 물었습니다.

　"악몽이었나요?"

　"모르겠어요. 여러분 중에 해몽할 줄 아는 분 있으세요?"

　그러고는 꿈 얘기를 하기 시작했습니다.

　"꿈속에서도 이렇게 많은 사람들이 모여 있었어요. 모두들 각

자의 일을 하면서 자기 갈 길을 가고 있었지요. 우리에게 모두가 낯익은 거리였지요. 저도 거기 있었어요. 어딘가로 가고 있었지요. 그런데 갑자기 군중들 중 누군가 소리쳤어요. '나는!' 그러자 모든 사람들이 일제히 그곳으로 고개를 돌렸지요. '나는!' 하고 소리친 사람은 이번에는 '모두들 그 자리에서 멈추시오!'라고 말했답니다."

우리 모두는 멈춰 섰답니다.

여자의 꿈 이야기를 듣고 있던 사람들 중 조각가가 이렇게 물었습니다.

"왜들 멈춰 섰지요?"

그러자 그녀가 말했습니다.

"제가 어찌 알겠어요? 그냥 다들 멈춰 섰답니다. 나를 포함해 그곳에 있는 모든 사람들이 멈춰 섰던 것이지요. 꿈이니까요 뭐. 그냥 멈춰 선 거지요. 그런 후 그 남자는 '모두들 서 있는 곳에서 자기 주위에 분필로 원을 그리세요.'라고 소리쳤답니다. 꿈이잖아요. 갑자기 모든 사람들의 손에 분필이 쥐어져 있지 뭐예요. 그 분필로 사람들 모두 자기가 서 있던 자리 주위로 원을 그렸답니다. 무리 중 누군가는, '우리한테는 분필이 없는데요.'라고 말했답니다. 그러자 그 남자는 '분필이 없는 사람은 연필로 자기 주위에 원을 그리세요!'라고 소리쳤답니다. 누군가는 연필을, 누군가는 볼펜을 꺼내 인도 위에 자신들을 중심으로 하나씩 원을 그렸답니다. 저도 제 호주머니와 가방을 뒤졌답니다. 그런데 분필도, 연필도 찾을 수가 없었지요. 연필은 항상 가지고 다녔는데 일이 안 되려니⋯⋯. 저는 두려워지지 시작했습니다. 몸이 덜덜 떨렸지요. 저처럼 연필이 없는 다른 사람들도 있었답니다. 그들 중 몇몇은 '우린 연필이 없어요!' 라고 소리쳤지요. 그 남자는 '연필이 없는 사람들은 허공에 대고 손가락으로 원 하나를 그리세요.' 라고 소리쳤답니다. 저는 있던 자리에서 한 바퀴를 돌아 손가락으로 원을 그렸답니다."

그녀의 이야기를 듣고 있던 한 시인이 물었습니다.

"왜 원을 그렸나요?"

"거기에 무슨 이유가 있겠어요? 꿈이잖아요, 꿈. 꿈에 뭐 이유가 있나요?"

이에 한 배우가 끼어들었습니다.

"꿈에는 논리라는 게 있을 수 없지요!"

그러자 꿈에 논리라는 게 있다, 없다를 가지고 우리 사이에 논쟁이 일었습니다. 결국은 꿈에서 논리라는 것을 찾을 수 없다는 결론에 도달했습니다.

그녀는 자신의 꿈 이야기를 이어 나갔습니다.

"모두 자기 주변에 원 하나씩을 그리자 그 남자는, '지금부터 여러분 모두 자신이 그린 원 안에 그대로 계십시오. 그 누구도 자신이 그린 원 밖으로 나가면 안 됩니다!' 라고 소리쳤답니다. 우리 모두는 원 안에 그대로 서 있을 수밖에 없었지요. 그렇게 원 안에서 기다리기 시작했답니다."

시인이 물었습니다.

"원 밖으로 나갈 수 없었습니까?"

"나갈 수 없었어요."

"왜요?"

"금지였거든요! 원 밖으로 나가는 것이 금지되었는데 어떻게 나갈 수 있겠어요! 금지였다고요, 알겠어요?"

그러자 소설가가 물었습니다.

"왜요?"

"꿈이잖아요, 이건. 꿈에 이유랄 게 뭐 있나요? 그냥…… 그렇게 원 안에 그대로 서 있었답니다."

그러자 시인이 말했습니다.

"하지만 당신 주위에는 원이 없었잖아요?"

"손가락으로 공중에 그렸잖아요. 제게는 허공에 대고 그린 원이 있었다고요."

"허공에 그린 원은 보이지 않잖아요. 경계가 분명하지도 않고."

"아무렴 어때요. 저는 제가 그린 원을 알고 있다고요. 우리 모두는 원 안에서 기다리고 있었답니다. 그런데 지루해지기 시작하더군요. '어떻게 하면 원 밖으로 나갈 수 있을까.' 하고 생각에 생각을 거듭하고 있었지요."

"왜 원 밖으로 나가지 못했나요?"

"아무도 나가지 않는데 제가 어떻게 나가겠어요?"

"왜요?"

"나 참, 꿈이라고 했잖아요. 꿈!"

"그래서요?"

"저는 '아, 이 원 밖으로 나간다면 얼마나 좋을까.' 라고 생각하고 있었답니다. 한번은 '손가락으로 허공에 그린 원을 지우고 밖으로 나갈까.' 생각하기도 했답니다. 그래서 손을 허공으로 뻗치고, 손바닥으로 허공에 있는 원을 지우려고 한 순간, 그 남자가 또, '그 누구도 원을 지우지 마시오!' 라고 소리쳤답니다. 저는 다시 원 안에 그대로 있게 되었지요."

배우가 말했습니다.

"당신이 그 원을 처음부터 그리지 말았어야 했어요."

"맞아요. 처음부터 그리지 말았어야 했어요. 하지만 한번 그려 버린 걸 어쩌겠어요? 어쩔 수 없이 제가 그린 원 안에 갇혀 있게 되었지요. 내 주변을 둘러보았답니다. 그들도 나처럼 원 밖으로 나가려고 발버둥을 치고 있었답니다. 내 오른쪽으로는 한 하반신 불구자가 있었어요. 그는 '나는 20년 동안 하반신 마비로 살아왔어요. 앉은 자리에서 꼼짝도 못하고 살아왔지요. 그런데 지금 내 마음속에는 견딜 수 없이 밖으로 나가고 싶은 바람이 있답니다.' 라고 말했답니다. 저는 '당신 다리가 움직이지도 않는데 어떻게 걸을 수 있나요?' 라고 물었지요. '걷기만 하는 게 아니라 뛸 수도 있겠다 싶어요. 이 원 안에 갇히고 나니까 밖으로 나가기만 하면 걷고 뛰어다닐 수 있을 것만 같지 뭐예요.' 제 왼쪽에 있는 사람은 '아, 이 원을 지울 수만 있다면 얼마나 좋을까.' 라고 말했답니다. 제 뒤로는 한 여성이 누워 있었는데 자세히 보니 죽은 여자였습니다. 죽었는데 말은 하고 있더군요. 꿈이잖아요, 그러니 죽은 사람도 말을 하는 것일 테지요. '아, 저 원이 지워지기만 한다면 어디든 돌아다닐 수 있을 텐데.' 라고 말했습니다. '당신은 이미 죽은 사람인데 어떻게 돌아다닌다는 말인가요?' 라고 저는 물었지요. '나는 죽은 뒤로 돌아다니고 싶은 욕구가 전혀 없었답니다. 그런데 이 원 안에 갇히고 나자 내 마음속에서 돌아다니고 싶은 욕구가 되살아났어요. 원 안에서 갇혀 있지만 앉아서도 당신들 살아 있는 사람들처럼 걸어다닐 수 있을 거라는 생각이 드는군요.' 라고 그녀는 대답했답니다. 제 앞쪽에는 어떤 젊은이가 있었어요. 가엾게도 전신불구자더군요. 그 청년도 '아, 누군가가 나서서 저 원을 지운다면, 그래서 나를 이곳에서 구해 줄 수 있다면.' 이라고 말하더군요. '하지만 당신은 전신불구자잖아요. 손가락조차 움직일 수 없는데 어떻게 원을 그릴 수 있었나요? 당신에겐 원이 없어요.' 라고 저는 말했답니다. 그러자 청년은 '네, 저는 손으로 그리지 않았어요. 머릿속으로 허공에 대고 원을 그렸답니다. 지금 저는 상상으로 그린 원 안에 갇혀 있습니다. 밖으로 나갈 수가 없습니다.' 라고 말했습니다.

우리 모두는 우리가 연필로 그린 원 혹은 상상으로 그린 원 안에 있었고, 그 원 밖으로 한 발자국도 나가지 못하고 있었답니다. 이렇게 무작정 원 안에 서 있는데 여러 곳에서, '누군가 와서 이 원들을 지워 주면 얼마나 좋을까.' 라고 웅성거리는 소리가 들려왔습니다. 한두 군데에서 나왔던 이 소리는 갈수록 높아졌습니다. '누군가 우릴 구해 준다면.' '어디 구원자가 없나요?' '원을 지울 누군가가 나타난다면……' 등등의 웅성거리는 소리가 들려왔습니다. 모두들 이렇게 말하고 있었고, 저도 그들처럼 말하기 시작했답니다. 우리가 이렇게 말하고 있는 사이 주위는 점점 어두워졌고, 밤이 되었답니다. 도무지 원 밖으로 나가질 못하니 미쳐 버릴 것만 같았습니다. 온몸이 땀으로 흠뻑 젖었답니다. 아무도 자신의 원 밖으로 나가지 못하고 있었습니다. 그런데 어디에선가 한 소리가 들려오더군요. '누군가 원 밖으로 나가면 나도 나갈 텐데.' 저도 '맞아, 누군가 원 밖으로 나가면 나도 나갈 테야.' 라고 말했습니다. 그러자 모두들 이렇게 말하기 시작했습니다. '그 누군가가 누가 됐든 그가 나가면 나도 나가겠어.' 그러자 이번에는 고함 소리가 들려왔습니다. '거기 누구 없소? 누구 말이요?' '그 누군가가 누가 됐든 앞장 서시오!' '그 누군가가 누구요?' 하지만 그 누군가가 누구이든지 '내가 그 누구요!' 라고 말하며 나서는 사람이 없었습니다.

　밤이 꽤 깊어 갔지요. 아주 어두워졌답니다. 우리는 모두 자신이 그리고 상상한 원 안에 갇혀 있었답니다. 그때 고양이 한 마리가 나타나 돌아다니기 시작했습니다. 어둠 속에서 고양이의 두 눈은 두 개의 불꽃처럼 반짝였지요. 고양이는 그들 사이를 여기저기 돌아다녔지만 아무도 고양이를 간섭하지 않았습니다.

　원의 안팎과 원들 사이를 마음껏 돌아다녔지요. 저는 고양이를 쳐다보았습니다. 그저 어디서나 볼 수 있는 평범한 고양이였습니다. 자기가 가고 싶은 곳 어디든지 자유롭게 돌아다녔습니다. 가끔 멈춰 서 자신의 몸을 핥은 후 다시 돌아다녔습니다. 저는 속으로 그 고양이가 아주 부러웠습니다. '아, 나도 고양이라면 얼마나 좋을까. 고양이는 얼마나 행복한 창조물인가!' 라고 말했답니다. 다른 사람들도 고양이의 자유로움을 보고 부러워

하면서, '아, 우리가 고양이라면, 고양이라면 얼마나 좋을까.' 라고 말하기 시작했답니다. 고양이는 일부러 그러기라도 하듯 하릴없이 밤 속을 배회하고 다녔답니다. 저는 이런 답답함 속에서 잠에서 깨어났습니다. 온몸이 땀에 흠뻑 젖어 있더군요."

그녀는 자신의 꿈을 다 말하고는 이렇게 물었습니다.

"지금 여러분 중에 이 꿈을 해몽해 주실 분 있나요?"

그곳에 있던 그 어느 누구도 해몽을 하려 들지 않았습니다. 단지 어떤 작가가 잘난 척하며 이렇게 말했습니다.

"인간이 인간다운 행동을 하지 못하면, 고양이의 행복마저 부러운 법이지요."

그런 후 그 작가는 그녀를 바라보며 이렇게 덧붙였습니다.

"저는 당신의 꿈을 글로 쓸 겁니다."

"왜 쓰려고 하지요?"

여자가 물었습니다.

"어쩌면 당신의 꿈 이야기를 읽는 사람들 중 '누군가' 원 밖으로 나간다면 다른 사람들도 자신들이 그린 원 밖으로 나갈 수 있을지 모르니까요."

우리 집

넓은 대지 안에 자리 잡은 대저택. 집이 어찌나 큰지 집주인조차 방이 몇 개나 되는지 모를 정도였습니다. 아버지에게서 물려받은 이 집은 아주 옛날에 지어진 것이었습니다. 많은 방을 비롯해 발코니, 현관, 테라스, 거실이 모두 어두컴컴한 동굴을 연상시켜 들어서는 사람들로 하여금 두려움을 불러일으켰습니다.

집주인은 이곳에서 아름다운 아내와 아름다운 딸들 그리고 아들들과 살고 있었습니다. 오래된 집은 날이 갈수록 허물어져 갔지만 집주인은 그래도 "우리 집"이라며 아버지의 유산인 이 집을 자랑스러워했습니다. "우리 집"이라는 말을 꺼낼 때마다 입은 기쁨으로 귀에 걸렸고, 가슴은 자랑스러움으로 한껏 부풀어 올랐습니다.

집의 맨 꼭대기 층이 곧 무너질 기세를 보이자, 가족들은 중간쯤으로 내려와 정원 쪽으로 창문이 딸린 방 하나에 거처를 마련했습니다. 하지만 그 방도 금세 낡고 고장 나 또 다른 거실과 방으로 거처를 옮기게 되었습니다.

그 오래된 집에 방이 얼마나 많았던지, 이 방들의 벽이 허물어지고 석고가 떨어져 나갈 때마다 그들은 더 튼튼한 방으로 들어가 비바람으로부터 몸을 피할 수 있었습니다.

집의 크기는 그들에게 있어 가장 숭고한 희망이었습니다. 왜냐하면 이 커다란 집에서 어찌 되었든지 간에 평생 몸을 피하고도 남을 방이 있었기 때문이었습니다. 간단히 말해 이 대저택의 주인이 "우리 집"이라며 자랑스러워할 만했습니다.

어느 날 누군가가 이 대저택의 대문을 두드렸습니다. 방문객은 이웃집 주민이었습니다. 집주인은 예의를 갖춰 이웃 사람을 집 안으로 모셨습니다. 말하는 중간 중간 '우리 집'에 대한 자랑도 물론 잊지 않았습니다.

이웃 사람이 말했습니다.

"집이 정말 크고 멋지군요. 경치도 대단하고요."

이 말을 듣고 아주 의기양양해진 집주인은 이렇게 말했습니다.

"예, 저희 집의 경치에 대해서는 말할 필요도 없지요."

이에 이웃 사람이 말했습니다.

"그런데 저희는 가족이 많아 아주 답답하게 살고 있답니다. 혹 사용하지 않는 방이 있으시면 저희에게 세놓을 수 있으신지요?"

집주인은 생각했습니다. 이웃의 제의가 전혀 나쁘지만은 않았습니다. 집이 서서히 무너져 내리는 걸 지켜보느니 이웃에게 세를 줘서 남는 수입으로 고장 난 계단이나 문을 수리하는 게 낫다 싶었습니다.

"그러지요. 마음에 드는 방 한 칸을 골라 보세요."

이웃은 대저택에 있는 방 한 칸으로 이사를 했습니다.

집주인은 지인들에게 "우리 집에 세입자를 들였답니다."라고 떠벌리며 다녔습니다.

시간이 흐른 후 다른 이웃이 그를 방문했습니다.

"방을 세놓는다는 소문을 들었습니다. 우리에게도 방 한 칸을 세놓으실 수 있는지요?"

집주인은 그 사람에게도 그러마, 하고 말했습니다. 이렇게 해서 그 대저택에 두 세입자가 정착하게 되었습니다.

얼마 시간이 흘러 또 다른 이웃이 찾아와 집주인에게 말했습니다.

"정원이 아주 넓군요. 그런데 왜 가꾸지 않으시나요? 제게 정원의 일부를 세놓지 않으시겠습니까?"

"그러지요."

집주인은 이렇게 대답했습니다.

그런 후 또 시간이 흘러 또 다른 이웃이 찾아와 이렇게 물었습니다.

"저희 집 우물이 말라 물이 부족한데요. 당신의 우물을 좀 사용할 수 있을까요?"

집주인은 잠시 생각에 잠긴 듯하더니 이렇게 물었습니다.

"아니, 왜 당신 집의 정원에 우물을 파지 않습니까?"

"우물을 팠지요. 그런데 우리는 가족이 많아 물을 많이 쓴답니다. 그래서 물이 모자라고요. 물론 돈은 지불하겠습니다."

집주인은 이웃의 부탁을 들어주는 데 별 이의를 제기하지 않았습니다.

어느 날 세입자들 중 한 사람이 이렇게 말했습니다.

"정원에 통로가 하나 있었으면 합니다. 저희 집에서 여기까지 오는 길이 없으면 어떻게 우물에 물을 길러 오겠습니까?"

집주인은 "옳은 말이오."라고 대답하고는 세입자에게 정원을 가로지르는 길을 내주었습니다.

그는 지금 아버지가 물려준 이 집이 더욱 근사하게 여겨졌습니다. '우리 집'이라는 말을 꺼낼 때마다 입가에 미소가 번졌습니다.

그 집에 정착한 세입자는 이렇게 말했습니다.

"우리는 방 한 칸에서 비좁아 살지 못하겠습니다. 거실 하나가 있었으면 합니다."

안 될 게 뭐가 있겠습니까? 어차피 집에는 방들로 넘쳐 나는데. 세입자들은 얼마 지나지 않아 또다시 요구를 해 왔습니다.

"침실도 있었으면 하는데요."

"당신이 원하는 방을 고르시오."

"부엌도 원하는데요."

"부엌을 사용하셔도 됩니다."

수중에 많은 돈이 굴러들어 오자 집주인의 생활수준도 높아졌습니다. 아내와 딸들은 너무 기뻐 노래를 부르고 춤을 추었으며 즐거운 마음에 자신도 밤마다 술을 마셨습니다.

그리하여 '우리 집'에 대한 자긍심은 더욱더 높아만 갔습니다.

어느 날 세입자가 말했습니다.

"우물이 무너지는데요. 수리하지 않으면 물을 사용할 수 없을 겁니다."

이에 집주인이 말했습니다.

"돈이 없는데요."

"그게 우리랑 무슨 상관입니까? 우리는 당신에게 세를 내고 있지 않습니까? 우물을 수리해 주셔야 합니다. 원하시면 이자를 받고 돈을 빌려 드리지요. 이게 선의라는 걸 아셔야 합니다."

"고맙소. 그 선의는 잊지 않겠소."

주인은 이렇게 말하고 세입자에게서 돈을 빌려 우물을 수리했습니다. 그러고는 이를 기념하여 세입자들을 모아 놓고 큰 잔치를 벌였습니다. 이 잔치에서 세입자들은 집주인에게 또다시 요구하기 시작했습니다.

세입자들이 늘어나자 우물 한 개에서 나오는 물로는 부족했습니다.

"다른 우물을 파야만 합니다!"

세입자들이 이구동성으로 소리쳤습니다.

"맞는 말씀인데, 돈이 없는걸요."

"우리가 당신에게 돈을 빌려 주겠소. 이자를 받고 빌려 주는 데 안 될 건 없지요."

집주인은 생각했습니다. 우물을 파면 자신의 것이 될 것이고, 그의 정원도 활기차질 것입니다. 그는 당장 정원에 우물을 파기 시작했습니다. 우물 세 곳을 파려고 했지만, 두 곳을 파는 데 만족해야 했습니다. 왜냐하면 우물을 파기 위해 빌린 돈의 일부를 아내와 딸에게 주었기 때문입니다. 더 정확히 말하면 줄 수밖에 없었지요. 왜냐하면 아내와 딸이 세 들어 사는 여자들이 입은 옷을 부러워해 사 달라고 끈질기게 졸라 댔기 때문이었습니다. 집주인은 아내와 딸에게 이렇게 말했습니다.

"그 사람들은 부자야. 그들에게도 집이 있고 정원도 있지만, 거기에서 다 살 수 없기 때문에 우리 집에 세를 들었단 말이야."

하지만 무슨 말을 해도 먹히지 않았습니다. 결국 우물을 파기 위해 빌렸던 돈의 일부를 아내와 아들딸들에게 내줄 수밖에 없었습니다. 그들은 그 돈으로 브래지어, 립스틱, 마스카라, 매니큐어, 코르셋, 나일론 팬티, 액세서리를 사들인 후 머리를 염색하기 위해 미용실을 찾았습니다.

얼마 시간이 지나 세입자들 중 한 명이 말했습니다.

"통과하라고 허락해 준 곳을 지나갈 수 없습니다. 길을 내주시오!"

"길을 내줄 수 없소."

"당신에게 집세를 내고 있는데 왜 안 된단 말이오!"

세입자는 이렇게 말하며 물러서지 않았습니다.

"돈이 없소."

"당신에게 신용대출을 해 주겠소."

이 말을 들은 주인은 너무나 기뻤습니다.

"돈을 주시오!"

"하지만 우리가 우물을 파라고 빌려 준 돈을 당신 부인과 자

식들이 허튼 데 낭비하고 말았소. 신용대출을 해 주긴 하겠지만 당신이 그 돈을 잘 쓰는지 감독해야겠소."

어찌 되었든 간에 그 길은 자기 집에서 내는 길이니 자신의 재산인 셈이었습니다. 집주인은 "우리 집" 운운해 가며 입이 귀에 걸렸습니다.

세입자가 말했습니다.

"지붕에서 물이 새는데요. 여기에서 살 수 없소."

"난 돈이 없소."

"그러면 우리에게 방 한 칸을 더 내주시오. 그 돈으로 지붕을 고치고……."

집주인은 세입자들을 위해 기도를 올렸습니다.

"신의 은총이 있기를……. 당신이 아니었다면 지붕을 고칠 수도 없었을 것이오."

세입자가 말했습니다.

"계단이 흔들거립니다."

이리하여 집에 있던 방 세 칸을 더 세놓아 그 돈으로 아래층에 지지대를 세웠습니다.

집주인은 "우리 집이 아주 튼튼해졌어."라고 말하곤 했습니다.

세입자가 말했습니다.

"하수도관이 구멍 났네요."

이제는 세놓을 방이 더 이상 없었습니다. 집주인은 가족과 함께 방을 비우고는 그곳에 세를 놓았습니다. 이렇게 받은 돈으로 하수도관을 수리했습니다.

한 세입자는 "집 페인트칠이 엉성하군요."라고 하면서 돈을 요구했습니다. 하지만 집주인은 돈이 없었습니다. 자신이 받은 돈으로는 집수리는커녕 생계유지도 힘들었습니다. 게다가 돈이 생기면 요구가 많아지는 아내와 딸들에게 대 주느라 부족했습니다.

여름이었습니다. 집주인은 정원에 천막을 쳤습니다. 지금 집 전체는 세를 놓았고, 말끔하게 페인트칠까지 되어 있었습니다.

"이제야 진짜 우리 집 같군."

"내벽을 칠해야겠습니다. 회칠도 필요하고요."

세입자가 말했습니다.

"할 수 없소."

"이 집은 당신 거잖소?"

맞습니다, 그의 집이었습니다. 하지만 내벽을 칠하고 회칠을 할 돈이 없었습니다. 그렇다고 이들의 요구를 들어주지 않으면 세입자들은 나가고 말 것입니다. 그들에게 진 빚도 많아졌습니다.

세입자들은 이구동성으로 말했습니다.

"우리가 원하는 대로 해 주지 않으면 이 집을 나가겠소!"

집주인은 갈수록 무례해지는 세입자들에게 애원하기 시작했습니다.

"제발 내 집에서 나가지 말아 주시오!"

이제 그의 아내는 세입자들의 요리사 노릇을 했고, 자녀들도 세입자들의 일을 거들어 주었습니다. 그 돈으로 집 내부에 회반죽을 바르고 백색 도료를 입혔습니다.

그러자 아주 새 집이 되었습니다. 집주인은 매년 그랬듯이 그 해에도 재산세를 내며 아주 자랑스러워했습니다.

집 앞에서 집을 쳐다보며 뿌듯해했습니다.

세입자들은 좋은 사람들이었지만 계속해서 집주인에게 불평을 했습니다.

"당신은 아내를 잘 챙겨 주지 않는군요. 아내에게 새 신발을 사 주세요. 딸들의 양말도 고무줄이 늘어나 흘러내리는군요. 우리는 이런 형편없는 꼴을 더 이상 보고 싶지 않소."

"맞는 말씀이지만 돈이 없소."

"우리 집 사정이 아니니 뭐라고 할 말은 없소만, 부끄러운 줄 아시오. 우리가 도와주겠소."

집 주인은 그들을 위해 기도를 했습니다.

어느 추운 겨울밤이었습니다. 집주인은 천막에서 아들 한 명과 앉아 있었습니다. 아내와 딸들 그리고 다른 아들들은 세입자들의 일을 거들어 주고 있었습니다.

집주인은 창밖으로 빛이 새어 나오는 자신의 집을 보면서 옆에 있는 아들에게 말했습니다.

"우리 집이 아주 멋지게 변했구나. 나는 이 집이 자랑스럽기 그지없다."

"무슨 집 말씀인가요?"

"무슨 집이라니? 우리 집 말이다, 저 앞에 있는 우리 집 말이야!"

"아버지, 이제 저 집은 더 이상 우리 집이 아닌 것 같아요."

"뭐라고? 우리 집이 아니라고? 어떻게 그런 말을 할 수가 있느냐?"

"저 집은 더 이상 우리 집이 아니에요. 그 집에서 우리가 살지도 않고, 정원을 자유로이 돌아다니지도 못하고, 정원에 난 길을 걸을 수도 없잖아요? 우물의 물도 마시지 못하고요."

"하지만 그래도 저건 우리 집이야! 우리 집!"

그는 이렇게 소리 질렀습니다.

그러고는 호주머니에서 꺼낸 종이를 흔들면서 이렇게 고함쳤습니다.

"봐, 이게 집문서야. 내 이름으로 되어 있다고! 저 집의 세금을 누가 내느냐 말이다! 후레자식 같으니라고! 당장 꺼져! 널 내 자식에서 제명하겠다!"

아들이 천막에서 나가자 아버지는 손에 든 종이를 흔들면서 아들의 등에 대고 이렇게 소리쳤습니다.

"후레자식! 너 같은 아들은 내게 없다! 널 자식으로 인정하지 않겠다! 우리 집……. 집은 우리 거야. 자, 집문서가 여기 있지 않느냐!"

나는 우리가 함께 살았던 이 집을 여러분도 알고 있다고 생각합니다. 이 집은 조상이 우리에게 남겨 준 우리 집입니다.

학부모 회의

　이 학부모 회의라는 것에 제가 꼭 참석해야만 하는지 저는 잘 모르겠습니다. 저는 할 말도 없을 뿐만 아니라 사람 많은 데에서는 말을 잘 못하기 때문입니다.
　저는 회의에 늦었습니다. 제가 학교에 도착했을 때에는 이미 학부모들과 교사들이 대화를 나누고 있었습니다.
　강당 문을 열고 막 들어서려는데 한 여성이 주먹을 쥐고 서서 소리를 질렀습니다.
　"지각을 한다니까요! 지각을!"
　저는 너무나 부끄러워서 귀까지 빨개졌습니다.
　"저기, 교통 사정이…… 마을버스가 없었고, 버스도 없어서……."

저는 이렇게 더듬거리며 말했습니다.

서 있는 여성은 머리숱이 듬성듬성했습니다.

"이 모든 것은 행정위원회가 상관할 바가 아닙니다."

어떤 위원회에 대해 언급하고 있는 것일까? 전차 행정위원회인가 아니면 버스 행정위원회인가?

"학교 행정위원회의 가장 커다란 불만은 학생들이 학교에 지각하는 것입니다. 아홉 시에 수업이 시작되는 것으로 봐서……."

그 여성이 학생들의 지각에 대해 불평하고 있다는 것을 알자 제 마음은 약간 편안해졌습니다.

한 여자는 앉은 채로 이렇게 말했습니다.

"학교는 여학생들이 비단 스타킹을 신는 것을 규제해야만 합니다. 학생뿐만 아니라 여자들이 비단 스타킹을 신는 것 자체를 금지해야만 합니다."

제 시선은 그 말을 하고 있는 여성의 다리로 향했습니다. 그리고 저는 이렇게 말하고 말았습니다.

"저도 저 부인의 생각에 동조합니다."

그 여성의 다리는 지금까지 내가 본 여자의 다리 중에서 가장 볼품이 없었습니다. 다리가 휜 것은 둘째치고라도 발목이 무릎보다 더 두꺼웠습니다. 게다가 푸른색 하지정맥류가 두꺼운 스타킹 밖으로도 확연히 드러나고 있었습니다.

제 시선은 여전히 그 여자의 다리에 고정되어 있었고, 저는 "학교에 다니는 우리 자녀들은 두꺼운 검은 스타킹을 신어야만 합니다."라고 말했습니다.

여기에 올 때는 전혀 말할 의도가 없었는데 왜 갑자기 스타킹 문제에 끼어들었는지 모르겠습니다.

학부모 중 한 사람인 듯한 남자가 앉은 자리에서 벌떡 일어났습니다.

"스타킹보다 먼저 우리가 논의해야 할 중요한 것이 있습니다. 스타킹 문제는 이 문제에 비하면 논의의 축에도 끼지 않습니다. 먼저 외국어 문제를 논의해야 한다고 생각합니다. 제 생각에는 모든 수업이 독일어로 진행되어야 한다고 봅니다. 저는 오랜 기간 동안 독일에서 살았습니다. 그곳의 아이들은 모든 수업을 독일어로 합니다."

저는 회의에 늦게 온 부끄러움에서 벗어나기 위해 또 이렇게 말했습니다.

"저는 독일에 가 본 적이 없습니다. 하지만 저도 수업이 독일어로 진행되었으면 하는 생각을 가지고 있습니다. 왜냐하면 세상이 이렇게 발전한 것은 독일인들 덕분이기 때문입니다. 독일 아이들이 수업을 독일어로 하지 않았더라면……."

그러자 안경 낀 남자 하나가 끼어들었습니다.

"여러분, 그건 우리가 논할 주제가 아닌 것 같습니다. 어떤 언어로 수업하느냐는 교육부가 알아서 할 일입니다. 게다가 이 학교에는 독일어 교사도 있습니다. 우리는 이 자리에서 학부모와 학교 행정위원회 사이의 협력……."

그러자 독일어 수업에 대해 말했던 남자가 물었습니다.

"일주일에 몇 시간 독일어 수업이 있습니까?"

안경 낀 남자는 "학년에 따라 다릅니다. 1학년은 여섯 시간, 7학년은 여덟 시간……."이라고 말했습니다.

"적군요!"

독일어 수업에 대해 말했던 남자가 이렇게 소리쳤습니다.

그때 한 나이 든 남자가 말했습니다.

"먼저 아이들에게 축구를 금지하십시오. 신발 사 대기 바쁩니다. 매달 신발 한 켤레가 닳습니다."

머리숱이 듬성듬성한 여자가 말했습니다.

"우리 여자애들은 축구를 하지 않아요."

"남자아이들은 축구를 하지요."

"우린 남학생과 상관없습니다. 여기는 여학교니까요."

"여학교라고요? 아니 여기가 마치카 고등학교가 아닙니까?"

"선생님, 여기는 호르호르 여자 중학교입니다."

"아, 여기는 내 작은 손자가 다니는 학교군요. 저는 거시기라고 생각했습니다. 어쨌든 여자 학교든지, 남자 학교든지 축구를 금지하십시오. 그리고 우리 아이들이 날이 갈수록 우리의 전통에서……."

그러자 여교사가 말했습니다.

"이 모든 것의 가장 중요한 원인은, 아이들이 학교에 결석하기 때문입니다. 학부모님들은 이 문제에 대해 더 많은 신경을 써 주셔야 합니다."

내 옆에 있던 한 젊은 남자가 제게 조용히 물었습니다.

"학예회는 언제 시작하지요?"

"모르겠습니다, 교장 선생님께 물어보시지요."

"교장 선생님이 어떤 분이죠?"

"여기에 교장 선생님 같은 분이 세 분 있군요. 누구인지는 모르겠네요."

그 남자는 교장 선생님으로 짐작되는 한 사람에게 물었습니다.

"교장 선생님, 학예회는 언제 시작합니까?"

질문을 받은 남자는 "누가 교장 선생님이지요?"라며 주위를 둘러보았습니다.

안경 낀 여자가 "교장 선생님은 몸이 편찮으셔서 이 회의에 참석하시지 못했습니다."라고 말했습니다. 그러자 내 옆에 있던 남자는 이 안경 낀 여자에게 "학예회는 언제 시작하지요?"라고 물었습니다.

"학예회라니요? 무슨?"

내 옆에 있던 남자는 창피해하며 제자리에 앉으면서 제게 이렇게 말했습니다.

"기가 막혀서. 집에 가면 딸아이를 혼내 주고 말겠어요. 이렇게 매를 번다니까요."

"뭐가 문제인지 모르니 뭐라 해 줄 말이 없군요."

"제 딸아이가 오늘 학교에 학예회가 있다고 절 속였지 뭡니까! 게다가 자기가 민속춤을 춘다고까지 했답니다. 아내는 임신을 했기 때문에 오지 못했지요. 저는 우리 딸아이를 볼 생각에 이렇게 뛰어왔고요."

이 모든 대화가 진행되고 있을 때 여학생들이 검은 스타킹을 신어야 한다고 주장했던 여자는 다른 사람들의 동조를 얻기 위해 사방에 검은 스타킹 선전을 하고 있었습니다. 독일어로 수업이 진행되어야 한다고 했던 남자도 주위 사람들에게 독일에서 살았던 자신의 경험에 대해 설명해 주고 있었습니다.

제 왼쪽에 있는 젊은 남자는 "저기요, 아까부터 무슨 얘기가 오가고 있는지 도무지 알 수가 없는데요."라고 말했습니다. 저는 그 남자에게 이 회의에서 오가는 안건들에 대해 간단하게 요

약해 주었습니다.

"저 노인은 아이들에게 축구를 금지해야 한다고 말했고, 전통에 따라 아이들을 키워야 한다고 주장하고 있습니다. 저 여교사는 학생들이 지각하는 것과 결석하는 것에 대해 불평을 하고 있습니다. 또 저 여성분은……."

그러자 남자가 말했습니다.

"여기서 나갈 수만 있다면……."

"왜요?" 제가 물었습니다.

"잘못 온 것 같습니다. 저는 이곳에 노동조합 회의가 있다고 해서 왔습니다. 친구들이 그렇게 제게 말해 주었거든요. 발언할 기회가 없었던 것이 저로서는 천만다행입니다. 그렇지 않았더라면 파업 자유에 대해 말할 참이었거든요."

머리칼이 듬성듬성 난 여성이 자리에서 일어났습니다.

"여러분, 가정 형편이 좋지 않은 학생들이 있습니다. 우리 학교 670명의 학생들 중에 거의 절반이 교과서도 살 수 없는 처지입니다. 최소한 100명의 학생들에게 점심을 무료로 제공하고 싶습니다. 여러분들의 도움을……."

이 말이 채 끝나기도 전에 한 여자가 자리에서 용수철처럼 벌떡 일어났습니다.

"허구한 날 도움이라니요? 우리 딸이 매일 돈을 달라고 합니다. '안 주면 학교에 가지 않겠어요. 친구들 앞에서 창피해요.'라고 말한답니다. 그 지원금들이 어찌 되었는지 알 수 있을까요? 매일 도와줄 수는 없잖아요! 이 지원금을 달마다 한 번씩 내는 것으로 어떻게 좀 안 될까요? 우리 집의 수입과 지출에 대한 계획을 도무지 세울 수가 없다니까요."

이 말을 듣고 제가 나섰습니다.

"정말 맞는 말입니다."

교사라고 생각했던 머리숱이 듬성듬성 난 여자의 얼굴이 홍당무처럼 빨갛게 변했습니다. 그러고는 지원금의 사용 용도를 묻는 여자에게 이렇게 물었습니다.

"자녀분의 이름이 어떻게 되지요?"

"퀼텐 야쉬오와."

"흠……. 3학년 B반 141번 퀼텐 야쉬오와. 학부형님의 따님은 개학하고 일주일 정도 등교를 했습니다. 그다음에는 한 번도 오지 않았습니다. 우리도 학부형님께 이 사실을 공문으로 알려 드렸는데요."

"아니, 그러니까 제가 거짓말을 하고 있다는 건가요? 제 딸이 매일 저한테 돈을 받아 가고 있는데요."

그러고는 옆에 앉아 있는 여성에게 말했습니다.

"집에도 안 온답니다. 얘가 어디를 가는 걸까요? 제가 개 아빠랑 이혼했거든요. 걔는 아빠와 함께 살고 있고요."

강당에는 서른 명 정도가 모여 있었습니다. 모두 하나같이 큰 소리로 자신들의 주장을 내세우고 있었습니다.

머리칼이 듬성듬성 난 여자는 "도무지 무슨 말씀들을 하시는지 모르겠네요. 발언을 하고 싶으신 분은 순서대로 말씀하시지요."라고 말했습니다.

우리 모두는 손을 번쩍 들고는 발언권을 달라고 했습니다. 처음 발언권을 얻은 사람은 어떤 노인이었습니다.

"존경하는 선생님들!"

그는 이렇게 말을 시작하고는, 축구가 아이들의 도덕을 어떻게 망치고 있는지를 설명했습니다. 성인 후세인을 죽인 후 그의 머리를 잘라 공차기를 했으며, 이 게임은 거기에서 유래했기 때문에 공을 차는 것은 죄라는 설명을 했습니다.

그의 말이 얼마나 길었던지 우리 모두는 이렇게 소리 질렀습니다.

"우리도 말할 기회를 좀 갖자고요!"

발언 순서가 된 사람들 중 한 명은, 집안 사정이 좋은 집에선 아이들 도시락에 2인분의 음식을 넣어 주어야 한다고 주장했습니다. 이렇게 하면 음식을 먹을 수 없는 가난한 아이들도 배를 채울 수 있기 때문이라고 했습니다. 그는 이 문제와 관련하여 물가가 높다는 것, 좋은 식용유를 찾기 힘들다는 것 등에 대해 언급하다가 비싼 석탄 값 문제로 말을 이어 나갔습니다.

우리는 도무지 그 사람의 말을 막을 수가 없었습니다. 겨우 자리에 앉혔지만 그의 입을 막을 수는 없었습니다. 그는 앉은 자리에서 계속 말을 했습니다.

제게 발언할 기회가 도무지 오지 않자 저도 모르게 벌떡 일어났습니다.

"존경하는 신사숙녀 여러분!"

저는 일단 이렇게 말은 시작했습니다. 하지만 무슨 말을 해야 할지 몰라 나스레띤 호자(이슬람의 현자로 알려진 인물 — 옮긴이)의 재담으로 시작했습니다. 이 재담의 결말이 어떻게 나는지 기억이 나지 않았기 때문에, "결말은 여러분이 더 잘 아시겠지요."라고 얼버무렸습니다.

절대 여기서 말을 멈추면 안 되었습니다. 다른 사람에게 발언 기회를 줄 수 있으니까요. 아까부터 제가 계속 학교 행정위원회에 반대하는 쪽에 서 있었기 때문에 교사들이 화가 나서 제 딸을 진급시키지 않으면 어쩌나 하고 두려웠습니다.

"우리 아이들이 진급을 하지 못한다면 그 모든 잘못은 부모에게 있습니다. 부모들이 자녀들에게 관심을 기울이지 않았기 때문이지요. 우리 아이들이 어느 학교에 다니고, 몇 학년인지를 모르는 부모들이 있습니다."

제가 아주 신이 나서 이렇게 말하자 교사들은 제게 박수를 보냈습니다.

머리칼이 듬성듬성 난 여자는 이렇게 말했습니다.

"시간이 너무 많이 지났습니다. 다음에 있을 학부모 회의에서 다시 말씀해 주시지요."

"이제 막 말을 하기 시작했는데요……."

학교에서 나올 때 교사들은 제게 감사를 표했습니다.

집에 오자 아내가 물었습니다.

"왜 이렇게 늦었어요?"

시계를 보니 밤 10시였습니다.

"학부모 회의에 갔었거든. 내가 아주 멋진 말을 했다니까. 부모들이 자녀들에게 관심을 기울이지 않고 있어. 아이들이 진급을 하지 못하면 그 잘못을 선생님들에게 뒤집어씌우고 말이야."

그 자리에 있던 제 딸이 말했습니다.

"말도 안 돼, 아빠. 선생님들이 모두 '네 아버지 또 오시지 않았니?' 하고 물으셨다고요. 왜 회의에 오지 않으셨어요?"

제 아내는 의심을 했답니다.

"아니, 당신 애 옆에서 거짓말까지 하다니? 밤늦은 시간까지 어딜 그렇게 돌아다닌 거예요? 그러고도 학부모 회의에 참석했다고요?"

"애야, 내가 갔잖니. 일어나서 의견도 내놓았는걸."

"저도 그 회의에 있었는데요, 아빠?"

"너 호르호르 여자 중학교에 다니지 않니?"

"나 참, 아빠도. 나 베야즈트 고등학교 졸업반이잖아요!"

그러자 아내가 말했습니다.

"어머, 애야. 너 현대 고등학교 다니지 않니?"

"엄마, 저 그 학교에서 제적당했잖아요!"

저는 화가 잔뜩 났습니다.

"버르장머리 없는 것 같으니라고! 아니, 어떻게 엄마 아빠에게 지금까지 자기가 어느 학교에 다니고, 몇 학년인지 말도 안 해 줄 수 있냐! 요즘 애들은 부모를 존경하는 법이 없다니까!"

쥐들은 자기들끼리 잡아먹는다

옛날 어느 나라에…….

아닙니다. 이것은 동화가 아닙니다. 일단 때와 장소를 먼저 말하는 게 나을 것 같군요.

때 : 기원 후
장소 : 이 지구상의 어느 곳

이렇듯 때와 장소가 확실한 이야기입니다.

그러면 이야기를 시작해 볼까요. 앞에서 언급한 시기와 그 장소에 거대한 창고가 있었습니다. 이 창고는 식료품, 땔감, 옷으로 가득 차 있었고, 모든 것이 질서 있게 정렬되어 있었습니다. 쌀, 콩 그리고 잠두(蠶豆) 같은 말린 채소들이 한쪽에 있었고 밀, 보리, 호밀, 귀리 같은 곡류들도 다른 한쪽에 정리되어 있었습니다. 비누와 기름도 따로따로, 옷과 신발도 따로따로 정돈되어 있었지요.

그리고 아주 수완이 좋은 사람이 이 거대한 창고를 관리하고 있었습니다. 이 유능하고 수완 좋은 관리인은 어느 날 어찌할 바를 모르고 당황하게 되었습니다. 왜냐하면 그 창고에 쥐들이 들끓으며 치즈, 건빵 들을 갉아 먹었기 때문입니다.

물론 수완 좋은 관리인은 손을 놓고만 있지는 않았습니다. 있는 힘껏 쥐들에 대항해 전쟁 아닌 전쟁을 치렀습니다. 하지만 아무리 애를 써도 이 전쟁에서 승리를 거두지는 못했습니다. 비누와 치즈를 하도 갉아 먹어 날이 갈수록 줄어들었습니다. 의복들은 흐트러지고, 여기저기 찢겼습니다. 밀가루 부대 안은 쥐들의 소굴이 되었습니다.

창고 안은 매정한 쥐들로 인해 아수라장이 되어 갔습니다. 말린 고기와 곡식을 먹어 댄 쥐들의 몸집은 커지고 뚱뚱해졌으며, 뚱뚱해질수록 더욱더 날뛰었고, 새끼들도 더 많이 낳았습니다. 창고는 쥐들로 넘쳐 났고, 그 커다란 창고는 쥐 군단이 점령한 상태였습니다. 이제는 어떻게 손을 쓸 수가 없는 상황에 이르게 되었습니다. 단지 음식을 먹고, 옷을 물어뜯고, 치즈와 수죽(안에 고기 등속을 채워 말린 순대의 일종 — 옮긴이)을 갉아 먹는 데 그치지 않고 신발, 가죽, 나무마저 갉아 먹었습니다.

쥐들은 아주 잘 먹어서 고양이만큼 몸집이 커졌고, 갈수록 더 커져 개 크기만 해졌습니다. 하지만 여기서 멈추지 않고, 창고 안을 헤집고 다니며 난리법석을 피웠습니다. 게다가 창고 안의 가장 햇볕이 잘 드는 명당 자리를 떡하니 차지하고 있었습니다.

수완 좋은 관리인은 쥐들에 대항해 필사적으로 전쟁을 계속해 나갔습니다. 창고 사방은 물론 가장 후미진 곳에도 치명적인 쥐약을 놓았습니다. 하지만 아무런 효과도 없었습니다. 효과는 둘째치고라도 여기저기 쳐 놓았던 쥐약에 얼마나 익숙해졌던지, 날이 갈수록 그 많은 쥐약에 중독이 되어 갔습니다. 매일 쥐약의 양을 조금 더 늘려 주지 않으면 창고가 무너질 듯 날뛰었습니다.

창고 관리인은 가장 쥐를 잘 잡는 고양이를 모아 밤에 창고 안에 풀어놓았습니다. 하지만 다음 날 아침 가련한 고양이들은 털과 앙상한 뼈만 남아 있었을 뿐이었습니다. 고양이마저 쥐들을 퇴치할 수 없었고, 가장 치명적인 쥐약으로도 그들을 죽일 수 없었습니다.

수완 좋은 창고 관리인은 거대한 덫을 놓기 시작했습니다. 그

덫에 걸리는 쥐들이 가끔 있었습니다. 하지만 하룻밤에 쥐 다섯 마리가 덫에 걸린다면, 하루에 최소한 스물에서 서른 마리의 쥐가 태어났습니다.

　결국 관리인은 고심에 고심을 거듭하여 나름대로 방법을 찾았습니다. 그는 커다란 철창 세 개를 만들었습니다. 덫에 걸린 살아 있는 쥐들을 이 철창에 던졌습니다. 모든 철창은 쥐들로 가득 찼습니다. 관리인은 철창 안에 있는 쥐들에게 먹을 것을 아무것도 넣어 주지 않았습니다. 하루, 이틀, 사흘, 나흘, 닷새 동안 철창에서 배를 곯고 있던 쥐들은 자신들 중 가장 약한 쥐 한 마리를 잡아먹는 것으로 배를 채웠습니다. 어느 정도 시간이 흘러 배가 고파지자 자기들끼리 싸움을 하기 시작했습니다. 이 피 냄새 나는 싸움 결과 그들 중 한 마리를 죽여 나누어 먹었습니다. 이렇게 해서 세 개의 철창 속에 있던 쥐들의 수는 날이 갈수록 줄어들었습니다. 힘이 센 쥐들만이 살아남았고, 힘없고 작은 쥐들은 먹히고 말았습니다.

　쥐들로 가득 찬 철창은 유혈이 낭자한 전쟁터로 변했습니다. 결국 각 철창에는 서너 마리의 쥐만이 남게 되었습니다. 이번에 쥐들은 배가 고파 오기를 기다리지 않고 자신들 중 한 마리를 공격하여 갈기갈기 찢기 시작했습니다. 왜냐하면 자신들이 상대를 죽이지 않으면 자기가 잡아먹힐 거라는 걸 본능적으로 알

았기 때문입니다.

 바로 이러한 이유로 자신의 목숨을 구하고자 하는 쥐들은 그들 중 한 마리가 잠이 들었거나 졸고 있을 때, 혹은 넋을 놓고 있는 기회를 잡아 달려들어 죽였습니다. 게다가 철창에서 두 마리 혹은 세 마리가 합세하여 한 마리를 공격하는 일도 있었습니다. 그들 중 한때 서로 힘을 합쳤던 쥐들도 기회를 봐서 서로를 공격했습니다. 결국 철창에는 쥐 한 마리만이 남게 되었습니다. 가장 몸집이 크고, 가장 교활하고, 가장 힘이 센 쥐…….

 수완 좋은 관리인은 철창마다 한 마리씩 쥐가 남게 되자, 철창의 문을 열고는 한 마리씩 창고 안으로 풀어놓았습니다.

 동족을 먹는 데 익숙하게 된, 그러니까 야수가 되어 버린 그 커다란 쥐 세 마리는 철창에서 벗어나자, 창고에 얼마나 많은 쥐가 있든지 간에 그들을 공격하고, 목을 조르고, 상처를 입히고 죽이기 시작했습니다. 야만적으로 변해 버린 쥐들은 계속해서 자기 동족들을 먹어 치우거나 자기방어를 위해 쥐들을 죽였습니다.

 이렇게 해서 창고는 일단 한동안 쥐들에게서 벗어났습니다. 사건은 여기에서 끝이 났습니다.

 여러분들에게 질문을 하지요.

 수완 좋은 관리인의 머리에, 악마조차 생각할 수 없었던 이

교활한 생각이 어떻게 떠올랐을까요? 쥐들이 자기들끼리 서로의 먹이가 되면서 사라져 가는 방법을 어떻게 찾았을까요?

  답 : 그 수완 좋은 관리인은 자신도 자신의 종족을 죽이고 죽여 살아남은 가장 힘센 쥐처럼, 자신의 친구들을 먹고 먹어, 죽이고 죽여, 그 커다란 창고의 관리인이 되었던 것입니다. 다시 말해 자기 삶에서의 성공 방법을 쥐들에게 적용했던 것입니다.

결론, 쥐들은 자기들끼리 잡아먹는다!

성인 목투스와 창녀 카멘나

목투스가 어느 날 갑자기 하늘을 난다고 해도 아무도 놀라지 않을 것입니다. 지금까지 하늘을 날지 않은 이유는 신의 길에서 벗어난 죄인들을 바른 길로 인도하기 위한 그의 임무 때문임에 틀림없기 때문입니다.

어느 날 한 여인이 성당에 와서 이렇게 물었습니다.

"존경하는 신부님, 오래전부터 제 뇌리를 떠나지 않는 문제가 있어요. 신부님께서도 우리들처럼 음식을 드시나요?"

목투스는 신실한 여인이 왜 이런 질문을 하는지 금세 이해했습니다. 그는 사실대로 말해 여인의 환상을 깨고 싶지 않았고, 거짓말을 하고 싶지도 않아 애매모호하게 대답했습니다.

"자매님, 저는 먹는다고도 할 수 없고 그렇다고 먹지 않는다고도 할 수 없습니다. 저는 그저 신에게 애원할 기력을 잃지 않기 위해서 하루에 올리브 세 알과 포도주 한 사발을 마실 뿐입니다."

그녀는 이 대답에 놀라고 말았습니다. 왜냐하면 마을의 모든 사람들은 목투스가 천사처럼 먹지도 마시지도 않고 산다고 생각했기 때문입니다.

"존경하는 신부님, 이런 질문을 하는 저를 용서해 주세요. 그런데 신부님께서도 저희들처럼 하품을 하시나요?"

"아니요, 자매님. 저는 하품을 하지 않습니다."

"재채기는 하시나요?"

"아니요. 재채기를 하지 않습니다."

"그럼, 트림은요?"

"아니요, 자매님. 트림도 하지 않습니다."

그녀는 이 말을 듣고 기뻐하며 이렇게 물었습니다.

"존경하는 신부님, 한 가지만 더 알고 싶은 게 있는데요. 마을의 모든 여자들이 궁금해하는 건데요. 혹시……"

"말씀하시지요, 자매님."

"그게, 저, 부끄러워서요. 신부님……"

"마음속에서 우러나는 모든 것을 제게 물으셔도 됩니다."

"그러니까…… 저기…… 그러니까 신부님도…… 우리들처럼…… 어떻게 말해야 하지요. 저기, 음, 일을 보시나요? 그러니까 화장실에……."

목투스는 화를 내며 대답했습니다.

"아니요, 절대!"

여인은 목투스의 손등에 입을 맞추었습니다. 그런 후 성당에 들어가 성녀 마리아 상 앞에 무릎을 꿇었습니다. 여인은 기도를 마치고 마을로 뛰어갔습니다. 그리고 그녀가 돌아오기만을 손꼽아 기다리던 마을 여자들에게 이렇게 고함을 쳤습니다.

"그분은 성자예요, 천사라고요! 그분은 하루에 포도주 한 사발과 올리브 세 알을 먹고 산답니다. 그분은 우리들과 같지 않아요. 하품도 하지 않고, 재채기도 하지 않고, 트림도 하지 않고, 우리들처럼 거시기도 하지 않아요."

어느 날 갑자기 목투스가 하늘을 난다 해도 아무도 놀라지 않을 것입니다. 하지만 그들이 의아해하는 것은 왜 목투스의 머리 위에 후광이 없느냐는 것이었습니다. 간혹 성인 목투스의 머리 위로 후광이 비치는 걸 보았다는 사람도 있었습니다.

성인 목투스의 유명세는 날이 갈수록 만방에 퍼져 나갔습니다. 먼 곳에서 와 그를 보고, 손등에 입을 맞추고, 안수를 받기 위해 방문하는 사람들이 줄을 이었습니다. 성당의 문 앞에는 밤낮 할 것 없이 신의 빛으로 반짝이는 그의 얼굴을 보려고 모여든 사람들로 장사진을 이루었습니다.

그는 병든 사람을 낫게 했습니다. 그가 눈길을 준 소아마비 환자들은 걷게 되었고, 장님들은 눈을 떴습니다. 마을로 난 길은 성인 목투스의 손등에 입을 맞추기 위해 달려가는 문둥병 환자, 간질병 환자, 마귀 들린 사람들로 가득 찼습니다.

성인 목투스는 그가 원한다면 교단의 성자들 중 한 명이 될 수 있었고, 지위가 가장 높은 사람들 중 한 명이 될 수도 있었습니다. 하지만 그는 이 작은 마을의 성당을 떠나고 싶어 하지 않았습니다.

성인 목투스는 인간이라면 누구나 빠질 수 있는 세속적 욕정에 빠지지 않고 자신을 온전히 신의 길에 헌신했습니다. 자신을 온전히 바쳤지만 이를 부족하다고 여겼으며, 신의 이름으로 자신을 더 온전히 희생하고 싶었습니다. 하지만 이를 위해 무엇을 해야 한단 말인가요? 그렇다고 불신자들에게 전쟁을 선포할 수는 없는 일이었습니다. 그에게는 손에 칼을 쥐고 휘두르거나 말에 올라타 박차를 가할 힘이 없었습니다. 이 성스럽고 활활 타는 열정을 도대체 어떻게 해야 잠재울 수 있을까요?

그는 사흘 밤낮을 뜬눈으로 지새우며 신에게 애원했습니다. 사흘째 되는 날 새벽 무렵, 그의 귀에 어떤 소리가 들려왔습니다.

"목투스야, 바다를 향해 걸어가거라. 믿음의 이름으로 불신자들을 처단할 사람들의 마음에 우리의 성스러운 불길을 퍼트려라."

성인 목투스는 풍성한 성직자 옷을 휘날리며 즉시 길을 나섰습니다. 바다에 도달할 때까지 몇 달, 몇 년을 걸었습니다. 드디어 하르키예 항구에 이르렀습니다. 항구에는 여섯 척의 갤리선(옛날 노예나 죄수들에게 노를 젓게 한 돛배— 옮긴이)이 떠 있었는데 부드러운 파도에 흔들거리는 것이 마치 용이 하품을 하고 있는 것처럼 보였습니다.

성인 목투스는 항구를 한눈에 내려다볼 수 있는 언덕 위로 올라가 어촌을 바라보았습니다. 그의 긴 머리와 긴 수염이 바람에 흩날렸습니다. 그는 무릎을 꿇고 하늘을 향해 두 팔을 벌리며 이렇게 말했습니다.

"바다가 보인다. 불신자들에게 가 믿음을 위해 목숨을 바치자."

그는 풍성한 성직자 옷을 휘날리며 마을로 내려갔습니다.

항구의 해안에는 뱃사람들이 즐겨 찾는 술집이 하나 있었습니다. 술에 취한 해적들이 그곳에서 서로 싸움을 하고, 욕설을 하고, 거친 농담들을 하고, 창녀들을 희롱하며 놀고 있었습니다. 그들은 모두 정도(正道)에서 벗어나 있었습니다.

성인 목투스는 신이 자신을 왜 이곳으로 보냈는지 이해하게 되었습니다. 이 사람들을 신의 길로 인도해야만 했습니다. 목투스는 술집 주인을 만나서 해적 두목을 소개해 달라고 부탁했습니다. 술집 주인은 머리칼과 수염이 온통 먼지로 뒤덮인 목투스에게 곧 항해를 떠날 갤리선의 선장이 지금 이 술집 안에 있다고 귀띔해 주었습니다.

목투스는 나무 몸통으로 만든 계단을 밟고 해적 선장이 있는 방 안으로 들어갔습니다. 한 여자가 선장의 품에 있었고, 다른 여자는 그의 무릎에 머리를 벤 채 긴 보료에 누워 있었습니다. 여자들은 모두 반라 상태였습니다. 선장이 다른 해적들과 노름을 하고 있을 때, 그의 품에 있는 여자는 포도주 사발을 거듭 그의 입으로 가져다 대 주었습니다.

왼쪽 눈을 검은 천으로 감고, 드러난 팔에 인어 문신을 새긴 선장은 허스키한 목소리로 물었습니다.

"칙칙한 검은색 성직자 옷을 입은 사람이 여기는 웬일이야?"

성인 목투스는 신의 길을 위해 목숨을 바치고 불신자들을 공격할 용사들의 가슴에 믿음을 전파하기 위해 먼 곳에서 왔다고 말했습니다.

그러자 선장이 말했습니다.

"그래서?"

"나를 당신의 배에 태워 주시오."

선장은 폭소를 터트리며 물었습니다.

"넌 무슨 일을 할 수 있는데?"

"당신들이 불신자들을 공격할 때 승리를 위해 기도를 하고, 신의 사랑으로 신실한 용사들의 가슴에 용기를 줄 것이오. 제발 부탁이니 나도 데리고 가 주시오."

"이봐, 여자들도 발을 들이지 못하는 갤리선에 검은 옷차림의 성직자를 들인다고? 이번 항해는 아주 재미있겠군. 그래. 우리 배에 타. 까짓것 뭐, 네가 바라는 대로 해 주지."

오후에 갤리선 세 척이 항구를 떠나 항해에 나섰습니다. 돛이 통통하게 부풀어 오르자 잔잔한 바다 위를 세 마리의 바다 용이 미끄러지듯 나아갔습니다.

하지만 다음 날 아침 무렵 날씨가 변하기 시작했습니다. 갑자기 바다가 포효하면서 험상궂어진 것이었습니다. 바다 위를 미끄러지듯 전진하던 배는 파도 속에서 땅콩 껍질처럼 이리저리 휩쓸렸습니다. 성인 목투스는 정신이 없었습니다. 머리가 어지러웠고 몸은 비틀거렸으며 여기저기 부딪히고, 뒹굴면서 구토를 했습니다. 선원들은 그를 보며 배를 잡고 웃었습니다. 성인 목투스가 바닥에서 나뒹굴며 구토를 하고 있을 때 선장이 말했습니다.

"이봐, 검은 성직자 옷을 입은 사람! 이 항해가 재미있을 거라고 내가 말했지 않나? 자넨 정말 우리를 재미있게 해 주는군."

이에 목투스가 신음하며 이렇게 말했습니다.

"날 내려 줘. 제발 날 육지에 내려 줘."

"아니 자네를 육지에 내려 주면 불신자들은 어떻게 되지? 우리 앞에 불신자들이 나타나면 누가 우리를 위해 기도하고 용기를 북돋아 주지?"

"날 내려 줘."

"뭐, 정 그렇게 원하면 바다로 뛰어들어 여기를 벗어나는 수밖에……. 다른 방법은 없어."

폭풍이 몰아쳤던 이틀 내내 성인 목투스는 선원들에게 많은 즐거움을 선사했습니다. 사흘째 되는 날 바다는 침대 시트처럼 주름살 없이 평평해졌습니다. 사방은 바다로 둘러싸여 있었습니다. 육지라고는 눈을 씻어도 찾을 수 없었습니다.

날이 밝아 올 무렵, 돛 앞에 서 있던 선원이 소리쳤습니다.

"배다! 배다!"

범선 한 척이 그들이 타고 있는 배를 향해 전진해 오고 있었습니다. 선장은 아주 흐뭇한 표정으로 가슴 털을 긁으며 용감한 선원들에게 고함쳤습니다.

"약탈할 먹이가 나타났다. 공격하라!"

성인 목투스는 드디어 자신이 할 일이 생겨 기뻤습니다. 여기저기 뛰어다니며 선원들에게 믿음을 전파했습니다. 세 척의 갤리선이 돛을 내렸습니다. 그리고 배 아래층에 쇠사슬로 묶여 있는 백 명의 노예에게 채찍을 내리쳤습니다. 노예들은 노를 쥐었습니다. 세 척의 갤리선은 범선을 향해 전속력으로 달렸습니다. 그 범선을 포위해 물건을 약탈하고 승객들을 포로로 잡을 생각이었습니다. 성인 목투스는 성직자 가운을 휘날리며 여기저기 뛰어다니기 시작했습니다. 갑판으로 나가기도 하고 노 젓는 노예들 곁으로 가기도 했습니다.

"형제들이여, 믿음을 위해, 믿음을 위해!"

그는 이러한 말을 하며 그들에게 힘을 실어 주려고 했습니다.

그가 이렇게 뛰어다니자 해적들은 목투스를 발로 걷어차며 말했습니다.

"내 발밑에서 얼쩡거리지 마!"

바닥에 널브러진 목투스는 이에 굴하지 않고 계속해서 말했습니다.

"형제들이여, 믿음을 위해!"

세 척의 갤리선은 범선에 접근했지만 도무지 그 배를 포위할 수가 없었습니다. 범선은 용 세 마리 사이를 수은처럼 미끄러지듯 빠져나가면서 불타오르는 화약통을 갤리선에 던지고 있었습니다. 그러다 세 척의 갤리선 중 한 척에 불이 붙었습니다.

성인 목투스가, "용사들이여, 믿음의 형제들이여! 신은 항상 하늘에서 우리를 내려다보고 계십니다. 견뎌 내십시오, 형제들이여. 저 불신자들을 굴복시키시오!"라고 소리치고 있을 때, 일이 제대로 돌아가지 않는 것을 본 선장은 목투스의 엉덩이를 걷어찼고, 목투스는 계단 아래로 굴러 떨어졌습니다.

그들 위로 기름이 묻은, 불타오르는 팽이들이 떨어지고 있었습니다. 그리하여 두 번째 갤리선에도 불이 붙고 말았습니다.

믿음의 형제들은 바다로 뛰어들었습니다. 물 위에 떠 있는 유일한 갤리선은 선장이 타고 있는 배였습니다. 범선의 선미가 갤리선의 측면에 와 붙었고, 범선의 선원들이 갤리선으로 올라왔습니다. 이제 이들은 목숨을 걸고 서로 칼싸움을 하고 있었습니다.

성인 목투스는 "믿음의 이름으로, 견디십시오. 형제들이여! 불신자들을 끝장내십시오, 믿음의 이름으로……."라고 말했습니다. 하지만 그의 목소리는 갈수록 작아졌고, 결국 그는 갑판에서 내려와 화장실로 도망쳤습니다.

범선의 선원들이 화장실에서 그를 붙잡았을 때 그는 덜덜 떨면서 "형제들이여! 불신자들을 공격하시오."라고 말하고 있었습니다.

작은 범선은 거대한 갤리선을 장악했습니다. 승리자들은 갤리선에 타고 있던 사람들을 쇠사슬로 묶고 갤리선을 범선 뒤에 묶어 항해를 한 후 어느 항구에 도착했습니다.

그들은 육지에 내려 성인 목투스를 감옥에 가두었습니다. 그가 불신자들에게 포로로 잡혔다는 소문은 삽시간에 그의 나라에 퍼졌습니다. 불신자들은 성인 목투스의 유명세를 듣고는 그를 석방하는 조건으로 10만 플로린(유럽의 화폐 단위. 시대에 따라 은화, 금화로 사용되었음 — 옮긴이)을 요구했습니다. 이것은 말도 안 되는 엄청난 액수였습니다.

모두들 성인 목투스를 위해 눈물을 흘리며 가슴을 치는 것 이외에 다른 방도가 없었습니다. 사람들은 자신이 가지고 있는 돈을 싹싹 긁어 내놓았지만 턱없이 모자랐습니다. 겨우 만 플로린을 모으는 데 그치고 말았던 것입니다.

당시 그곳에는 메시나 출신의 카멘나라는 창녀가 있었습니다. 그녀의 집 앞에는 언제나 남자들이 줄을 서서 기다리고 있었습니다. 한번 그녀의 품 안에 들어갔다 하면 10년은 더 늙은 사람이 되었습니다. 그녀는 그야말로 최고의 창녀였던 것입니다. 그녀는 남자들의 가정을 파탄시키고 재산을 탕진하게 만들었습니다. 하룻밤에 스무 명의 남자를 상대해도 끄떡없는 여자였습니다.

카멘나는 성인 목투스가 포로로 잡혔다는 소식을 듣고는 그에게 전갈을 보냈습니다.

"나와 결혼하겠다는 증서를 주면 10만 플로린을 지불하고 그의 목숨을 건져 주겠다고 해라."

성인 목투스는 해가 들어오지 않는 축축한 감방에서 쇠사슬에 묶이고 쇠고랑을 찬 채 감금되어 있었습니다. 그는 카멘나에게서 온 전갈을 듣고는 증서에 사인을 해 보냈습니다. 메시나 출신의 창녀 카멘나는 10만 플로린을 성인 목투스의 몸값으로 지불했고, 그들은 성인 목투스를 풀어 주었습니다. 하지만 성인 목투스는 목숨을 건진 후 메시나를 찾지 않았습니다. 약속을 지키지도, 창녀 카멘나와 결혼하지도 않았습니다. 그러자 카멘나는 성인 목투스를 고소했습니다.

법정에서 성인 목투스는 이렇게 말했습니다.

"존경하옵는 재판관님. 저는 종교가 전부인 사람입니다. 신의 뜻을 따르기 위해 제 목숨을 바쳤습니다. 그런데 제가 어떻게 온 나라 남자들의 가정을 파탄시키고, 정력을 고갈시킨 죄 많은 여성과 결혼을 할 수 있겠습니까?"

그러자 카멘나는 통통한 젖가슴 사이에서 증서 하나를 꺼내 재판관에게 내밀었습니다.

"이건 그가 제게 준 증서입니다. 그는 나와 결혼을 해야만 합니다."

그 증서를 읽은 재판관은 이렇게 말했습니다.

"존경하는 성인 목투스 신부님. 안타깝지만 제가 재판관으로서 법을 적용시킬 수밖에 없는 처지라는 것을 알려드립니다. 이 창녀와 결혼을 하든지 아니면 감옥에 들어가든지, 둘 중 하나를 택하시는 방법밖에 없습니다. 말씀하십시오. 어떤 것을 선택하시겠습니까?"

그러자 성인 목투스가 말했습니다.

"그녀와 결혼하겠습니다."

카멘나는 성인 목투스에게 미소를 지으며 "저녁 때 우리 집으로 와요. 기다리겠어요."라고 말하며 윙크를 하고는 법정을 나갔습니다.

저녁이 되고 성인 목투스는 카멘나의 집을 찾았습니다. 카멘나는 거실 한가운데에 있는 호랑이 가죽 위에 전라로 누워 있었습니다. 빛나는 피부에 향기로운 향수를 바른 게 분명했습니다. 그녀는 자신처럼 전라를 한 열 명의 남자가 건네주는 과일을 먹으며 포도주를 마시고 있었습니다. 그리고 몽롱한 눈길로 성인 목투스를 쳐다보며 이렇게 말했습니다.

"뭘 원하시나요, 존경하는 신부님?"

"약속을 지키기 위해서 왔소."

그러자 카멘나는 깔깔거리며 웃었습니다.

"존경하는 신부님, 제가 정말 신부님과 결혼할 거라고 믿었나요? 나는 그저 우리 둘 중 누가 더 죄인인지 알고 싶었을 뿐이에요. 이러한 궁금증을 해소하는 데 10만 플로린을 지불할 가치는 얼마든지 있죠."

이 말을 남긴 후 카멘나는 깔고 있던 호랑이 가죽 위로 엉덩이를 살짝 들어 올리더니 증서를 꺼내 성인 목투스에게 건넸습니다.

"그 증서를 가지고 가세요, 존경하는 신부님. 그리고 내 앞에서 썩 꺼지세요!"

성인 목투스는 증서를 들고 밖으로 나왔습니다. 창녀 카멘나의 향기가 스며든 증서를 코에, 그리고 자신의 얼굴과 눈에 갖다 댔습니다. 그러고는 그 자리에서 기절하고 말았습니다.

기다리던 사람

부하라라는 마을에 한 남자가 살고 있었습니다. 그는 마음이 물보다도 맑고 겸손하며 정직한 사람이었습니다. 말할 때마다 신의 이름을 언급했고 사악한 마음을 한 번도 갖지 않았으며, 항상 몸을 정갈히 하고 땅을 밟았습니다. 또한 쓸데없는 말에 귀 기울이지 않았으며 하루에 꼭 다섯 번 예배를 올렸습니다.

그는 올해로 마흔 살이었습니다. 다른 사람이 잘못되기를 바라지 않았으며 혼전에 관계를 갖거나 쓸모없는 글도 쓰지 않았습니다. 그야말로 날개만 없을 뿐이지 천사 그 자체였습니다. 그 누구의 마음을 아프게 하지도 않았고 개미 한 마리도 다치게 하지 않는 남자였습니다.

그는 피눈물을 흘리며 "신의 길에서 더 숭고한 사람이 되고 싶습니다."라고 신에게 애원을 했습니다. 사흘째 되던 날 새벽 무렵 귀에서 어떤 소리가 들려왔습니다.

"선량한 종아!"

그는 이 소리에 대답했습니다.

"말씀하십시오."

그러자 그 소리는 그에게 이렇게 말했습니다.

"이 세상 어딘가에 교주 '쉐자레트'라고 불리는 성인이 있다. 그를 수소문해 그의 집 앞에 도달해라. 그리하여 그를 따르고 그의 종이 되어라."

그는 여명의 허공에서 들려오는 이 소리에 "목숨을 다해 명령을 따르겠습니다."라고 대답하며 길을 나섰습니다.

산을 넘고 강을 건너 밤낮으로 길을 재촉하며 두 번의 여름을 보내고 가을 어느 날, 바그다드라는 도시에 도착했습니다. 두드리지 않은 문이 없었고, 묻지 않은 사람이 없었습니다. 하지만 교주 쉐자레트라는 사람을 끝내 찾지는 못했습니다. 누구에게 묻던지 대답은 한결같았습니다.

"여기에 교주는 많지만 쉐자레트라는 사람은 없소."

몇 날 며칠 돌아다니다 다마스쿠스라는 도시에 도착해 그를 수소문했지만 역시나 찾을 수 없었습니다. 바스라에 도착했지만 그곳에도 그는 없었습니다. 그곳에서 룸(무슬림 지역에 사는 그리스인들 — 옮긴이)들이 사는 곳으로, 그곳을 떠나 페르시아인들이 사는 곳으로 갔습니다. 하지만 어디를 가도 도무지 교주 쉐자레트를 찾을 수가 없었습니다. 그는 머리카락이 어깨를 덮고 수염은 배까지 늘어진 노인이 되었습니다.

그렇게 돌고 돌아 다시 부하라에 도착했습니다. 몇 날 밤을 자지 못했고, 며칠 동안 굶어 배가 고팠습니다. 다리가 후들거려 더 이상 걷지 못하고 어느 시냇가에 털썩 주저앉고 말았습니다. 그는 시냇물을 바라보며, 혼잣말로 "몸을 정갈히 하고 예배를 드려야겠군." 하며 몸을 추슬렀습니다.

그는 시냇가에서 몸을 정갈하게 씻었습니다. 그런데 오이 하나가 물살을 타고 그가 있는 쪽으로 둥둥 떠내려오고 있었습니다. 그는 배고픔을 참지 못하고 오이를 한쪽 베어 먹었습니다. 그런데 갑자기 제정신이 들었습니다.

"아, 어쩌나. 내가 무슨 짓을 한 거지? 주인이 누구인지도 모르는 오이를 먹어 버리다니. 이것은 죄악이야. 오이 밭을 찾아 누가 그 밭의 주인인지 알아봐야겠어. 내가 먹은 오이를 신이 허락하지 않으면 안 되니까."

그는 자리에서 일어나 시내를 거슬러 올라갔습니다.

얼마를 걸어가자 오이 밭이 보였습니다. 그는 그곳에서 사람들에게 밭 주인이 누구인지 물었습니다.

"주인은 저 맞은편에 있는 집에 살고 있소."

그는 그 집의 대문을 두드렸습니다. 집 안에서 어찌나 큰 소리와 욕설이 들려왔던지 사방이 쩡쩡 울렸습니다.

대문이 열렸습니다. 문을 열어 준 사람은 건달 같은 모습의 사람이었습니다. 그는 허리에 넓은 천 벨트를 두르고 있었고, 벨트에는 단검이 꽂혀 있었습니다.

"누구야! 원하는 게 뭐야!"

"저기 저 밭의 주인을 찾고 있습니다만……."

그러자 남자는 그를 집 안으로 들였습니다. 집에는 많은 방이 있었습니다. 방마다 수많은 건달과 도둑들이 앉아 주사위를 던지고 있었습니다. 그들은 주사위 놀음과 카드 놀음을 하고 있었던 것입니다. 오이 밭의 주인은 털가죽 위에 앉아 노름판에서 개평을 뜯고 있었습니다.

오이 밭 주인이 고함을 쳤습니다.

"원하는 게 뭔데!"

"저기, 제가 저 앞을 지나가고 있었습니다. 너무 지치고 배가 고프고 잠도 자지 못했지요. 시냇가에서 몸을 정갈히 하고 예배를 드리려고 하는데 오이 하나가 물 위에 둥둥 떠서 제 쪽으로 오고 있지 뭡니까. 배가 너무 고파 눈앞이 깜깜해진 저는 그만

참지 못하고 그 오이를 먹어 버리고 말았습니다. 그런 후 저의 행동이 죄악이라는 것을 깨닫고는 이렇게 오이의 주인을 찾아 나선 겁니다. 그리고 당신 밭에서 나온 오이라는 것을 알게 되었습니다. 제발 제가 먹은 오이를 신이 허락하도록 절 용서해 주십시오."

털가죽 위에 앉아 있던 사람은 그에게 이렇게 말했습니다.

"그 밭의 주인은 나뿐만이 아니오. 우리는 삼남매인데, 가운데 동생은 델히라는 도시에 있고, 여동생은 메르브라는 도시에 사오. 당신이 먹어 버린 오이에 대한 내 소유권은 삼분의 일밖에 되지 않소. 삼분의 이는 내 형제들 것이오. 내가 허락한다고 하더라도 삼분의 일만 허락할 수 있소. 삼분의 이의 허락은 그들 몫이오."

손을 앞으로 모으고 오이 밭 주인 앞에 서 있던 사람은 이렇게 말했습니다.

"그렇다면 일단 당신이 제가 먹은 오이의 삼분의 일을 신이 허락한 것이라고 말해 주시오. 그런 후 당신의 형제들에게도 가 허락을 구하겠소."

그러자 주인은 이렇게 말했습니다.

"나의 이 집은 도박장이오. 나는 정부 몰래 불법으로 이 도박장을 운영하고 있소. 그래서 부하라에서 멀리 떨어진 이 집에서 살고 있소. 나의 도박장에서 10년 동안 머슴살이를 하면 당신이 먹은 그 오이의 삼분의 일을 용서해 주겠소. 그렇지 않으면 신이 허락한 나의 권리를 포기하지 않겠소."

"아이고, 제발 날 용서해 주시오!"

그는 오이 밭 주인 앞에 엎드려 애원을 했습니다. 하지만 주인은 자신 앞에 엎드려 애원하는 그를 떠밀었고, 삐쩍 마른 그 남자의 코에서는 피가 흘렀습니다.

다른 해결책을 찾지 못한 그는 자신이 먹은 오이의 삼분의 일에 대한 신의 허락을 구하기 위해 그 도박장에서 10년간 머슴으로 일했습니다. 그는 그곳에서 대문 앞에서 망을 보고 뻥땅을 뜯거나 주변을 쓸고 닦으면서 도박의 온갖 속임수들을 다 배웠습니다. 그는 카드를 어떻게 나누어 주고, 주사위를 어떻게 던져야 하는지 잘 알고 있었습니다. 던지는 주사위마다 더블 식스가 나왔으며 카드를 뒤집을 때마다 가장 큰 점수가 나왔습니다. 그는 도박의 최고 고수가 되었고, 그보다 더 뛰어난 사람은 없었습니다.

10년이 되자 그는 도박장 주인에게 가 그의 옷자락에 입을 맞췄습니다.

"네가 먹은 오이의 삼분의 일은 신이 허락한 것이니 죄가 아니다. 그러니 이제 내 형제들에게 가서 그들의 허락도 받아라."

그는 주인에게서 형제들의 주소를 받고는 그의 손과 옷자락에 입을 맞추고 길을 나섰습니다.

그는 이제 도박에 익숙해졌기 때문에 가는 곳마다 노름을 해서 사람들의 돈을 다 땄으며, 누구와 도박을 하든지 가진 돈과 재산을 싹쓸이했습니다. 집이 한 채밖에 없는 마을에 가도 그 집을 도박장으로 만들어 버리고 말았습니다.

산을 넘고 강을 건너 여기저기 머물다 드디어 델히라고 하는 도시에 도착했습니다. 그리고 수소문하여 그 집을 찾았습니다. 이곳은 도시 외곽에 있는 커다란 집이었습니다.

대문의 고리쇠를 두드렸습니다. 집 안에서는 흥겹고 즐거운 소리, 고함, 웃음소리가 흘러나오고 있었습니다. 이 소음 때문에 사방이 쩌렁쩌렁 울렸습니다.

문이 열렸습니다. 문을 열어 준 사람은 술에 취해 제대로 몸도 가눌 수 없는 지경이었습니다. 그 술 취한 사람은 문을 열자마자 "야!" 하고 고함을 지른 후 이렇게 물었습니다.

"원하는 게 뭐야?"

노인은 자신이 원하는 바를 말했습니다. 안에는 수많은 방이 있었습니다. 방마다 술통에서 포도주가 물 흐르듯 흐르고 있었습니다. 대마초와 아편을 피운 사람들이 여기저기 널브러져 있었습니다. 한쪽에서는 악사들이 쉬지 않고 연주를 하고 있었고, 여자 무희들과 여장을 한 남자 무희들이 춤을 추고 있었습니다. 대접으로 술을 들이키는 사람들 사이를 지나 자신이 찾는 사람 앞에 도착했습니다. 손등과 옷자락에 입을 맞춘 후 상황을 설명했습니다.

"형 되시는 분께서는 제가 먹은 오이의 삼분의 일에 대해 종교적으로 위배되지 않는다는 허락을 해 주셨습니다. 나머지 부분에 대해서도 당신께서 허락해 주셨으면 합니다."

"우리는 삼남매요. 그 밭은 우리 셋의 공동소유지요. 여동생이 있고, 그녀는 메르브에 살고 있다오. 내가 당신이 먹은 부분을 허락한다고 하더라도 그건 삼분의 일에 대한 허락이오."

"그 삼분의 일이라도 허락해 주시기 바랍니다."

"내 집은 술집이오. 나는 불법으로 술집을 운영하고 있소. 그래서 델히 시에서 멀리 떨어진 이곳에서 살고 있소. 내 술집에서 10년 동안 머슴살이를 하면 당신이 먹은 오이의 삼분의 일을 허락하겠소. 그렇지 않으면 나의 권리를 당신에게 허락할 수 없소."

그러자 노인은 그의 발밑에 엎드렸습니다. 술집 주인은 그를 발로 걷어찼고, 그의 입과 코에서 피가 흘러나왔습니다.

그는 다른 방도가 없음을 깨닫고 자신이 먹은 오이의 삼분의 일을 허락 받기 위해 그 술집에서 10년 동안 머슴살이를 했습니다. 술주정뱅이들을 위협해 문밖으로 내쫓고 술상을 차리고 치웠습니다. 설거지도 하고 화장실 청소도 했습니다. 시간이 흐르자 그도 알코올중독이 되어 그보다 더 술을 잘 마시는 사람이 없게 되었습니다. 술 한 병을 단숨에 들이켜고 앉은 자리에서 술 한 통을 바닥냈습니다. 아편을 한 움큼 삼키고 곰방대에 꾹꾹 눌러 채운 대마초도 피웠습니다. 그가 얼마나 술을 잘 마셨던지 그와 겨룰 자가 없을 정도였습니다.

10년을 채우고 술집 주인 앞으로 나갔습니다.

"네가 먹은 오이의 삼분의 일에 대한 내 권리를 네게 허락한다. 이제 내 여동생에게 가 그 아이에게서도 허락을 받아라."

그는 여동생의 주소를 받아 길을 나섰습니다. 노름과 술독에 절어 있었기 때문에 하루도 노름을 하지 않고, 술을 마시지 않고서는 배기지 못했습니다. 한 마을에 집이 두 채만 있어도 한 곳은 술집으로, 다른 한 곳은 도박장으로 만들었습니다.

산을 넘고 강을 건너 밤낮을 걷고 걸어 메르브라는 도시에 도착했습니다. 여기저기 수소문한 끝에 여동생이 살고 있다는 집을 찾아냈습니다. 그곳은 도시 외곽에 위치한 커다란 집이었습니다. 과수원과 정원으로 둘러싸인 그 집 안에는 온갖 과실수와 나무들이 가득했습니다. 형형색색의 새들이 나뭇가지에서 지저

귀고 있었고, 집 앞에는 은빛 시냇물이 흐르고 있었습니다. 시냇가는 형형색색의 다양한 향기의 장미꽃과 히아신스로 장식되어 있었습니다. 집 앞의 대리석으로 된 풀장에선 눈처럼 하얀 피부에 달덩이 같은 얼굴, 반짝거리는 아몬드 모양의 눈과 초승달 같은 눈썹, 달콤한 미소의 날씬하고 교태가 넘치는 전라의 여자들이 물놀이를 하고 있었습니다.

집 안에서는 커다란 웃음소리가 흘러나오고, 이 웃음소리에 천지가 진동하고 있었습니다. 그는 집 대문의 쇠고리를 두드렸습니다. 그러자 은빛 피부에, 가느다란 허리에, 애교가 철철 넘치는 말투를 지닌 전라의 여자가 문을 열어 주었습니다.

"어머, 어서 오세용, 멋쟁이. 안으로 들어와용……."

그는 집 안으로 들어갔습니다. 수많은 방이 있었습니다. 그 방에는 벌거벗은 여자들과 남자들이 서로 부둥켜안고 있었습니다. 한쪽에서는 사즈(만돌린과 유사한 터키의 민속 악기 ― 옮긴이)를 연주하고, 탬버린과 심벌즈를 치고, 네이(터키 고전음악에서 사용되며, 구슬픈 소리를 내는 피리 모양의 악기 ― 옮긴이)를 불고 있었습니다.

이 집의 주인은 머리카락이 억세고, 머리가 크고, 배가 튀어나오고, 눈에서는 진물이 나고, 귀가 쫑긋 서 있고, 뭉뚝한 코에 허리가 굽고, 이빨이 다 빠진 일흔 살 정도의, 살날이 얼마 남지 않은 노파였습니다.

"나한테 뭘 원하시나?"

그는 상황 설명을 하면서 자신이 주인의 허락 없이 먹은 오이의 삼분의 일에 대해 용서를 구하러 왔다고 말했습니다.

"이 집은 매음굴이오. 나는 정부 몰래 불법으로 매음굴을 운영한다오. 우리 삼남매는 아주 유명하지. 큰 오빠는 도박장을 경영하고, 작은 오빠는 술집을 경영하고, 나는 매음굴을 운영해요. 그래서 메르브 도시에서 멀리 떨어진 이곳에서 일을 한다오. 내 업소에서 10년 동안 머슴 생활을 하면 당신이 먹은 오이의 삼분의 일에 대한 나의 권리를 허락하겠어요. 그렇지 않으면 나의 권리를 허락하지 않겠어요."

다른 해결책이 없음에 그는 그 매음굴에서 10년 동안 머슴살이를 했습니다. 그는 이곳에서 여자를 만나기 위해 들르는 남자들에게 문을 열어 주고 여자를 사고팔면서 이 분야 최고의 전문가가 되었습니다.

10년을 채우고 그 노파에게 갔습니다.

"네가 먹은 오이의 삼분의 일에 대한 나의 권리를 네게 허락하마. 이제 여기를 떠나거라. 앞날에 행운이 있기를, 네가 집어든 흙과 돌이 황금이 되길 기원하마."

그는 그 길로 매음굴을 벗어나 산을 넘고 강을 건너 몇 날 며

칠을 걸은 끝에 룸 마을에 도착했습니다. 그런데 그 마을로부터 멀리 떨어진 곳에 알 수 없는 도시 하나가 보였습니다. 그 도시에서 풍악 소리가 들려오고 있었습니다. 그는 축제가 있는가 보다고 생각하고선 그곳을 찾았습니다. 도시 안은 온통 깃발과 등불로 장식되어 있었습니다. 북 치고 피리 부는 소리가 들려왔습니다. 다양한 악단들이 동시에 음악을 연주하며 행진을 했습니다. 백 보를 걸을 때마다 송아지, 산양, 낙타 들을 희생시키고 있었습니다. 길에는 환호하는 수천 명의 사람들로 가득 했습니다.

"만세! 교주 쉐자레트!"

그들은 이렇게 환호하며 손뼉 치고 있었습니다.

길을 따라 세워져 있는 아치 위에는 "환영합니다, 교주 쉐자레트 님!"이라는 말이 씌어 있었습니다.

그는 무척 놀랐습니다. 연미복에 실린더 모자를 쓴 사람들이 그를 향해 걸어오고 있었습니다. 그들은 그 앞에 멈춰 서더니 그의 발밑에 엎드렸습니다. 그러고는 그의 손등과 옷자락에 입을 맞추기 시작했습니다.

그는 너무 놀라 이렇게 말했습니다.

"이게 무슨 일입니까? 교주 쉐자레트가 누구입니까? 저도 오랜 세월 동안 그를 찾고 있습니다."

그러자 그의 손등과 옷자락에 입맞춤을 하던 사람들이 이렇게 말했습니다.

"아이고, 저희도 오랜 세월 동안 교주 쉐자레트를 찾고 있었습니다. 교주 쉐자레트는 바로 당신이십니다. 오셔서 저희들의 지도자가 되어 주십시오."

"아니, 그게 무슨 말이오. 말도 안 되는 소리요, 무슨 오해가 있는 모양이구려."

"아니요, 잘못된 것은 아무것도 없습니다. 우리는 당신을 천상에서 찾고 있었는데 지상에서 발견한 셈입니다. 당신의 유명세는 이미 온 세상에 퍼져 있습니다."

"잠깐만요. 저에게는 아주 나쁜 버릇이 있습니다."

그러자 모두들 한입으로 소리쳤습니다.

"그 나쁜 버릇은 우리들에게도 있습니다. 하지만 당신이 그 나쁜 버릇의 고수이십니다. 그래서 우리들의 지도자가 되어 달라고 하는 것입니다."

"하지만 나는 노름꾼인데요."

"아이고, 아이고, 그게 얼마나 좋습니까. 저희들도 노름꾼인데요, 뭐. 하지만 당신의 경지에는 이르지 못했지요. 부디 우리의 교주가 되어 주십시오!"

"좋긴 한데, 저는 알코올중독자랍니다."

"그게 어때서요? 우리도 모두 술을 마신답니다. 하지만 당신

만큼 잘 마시지는 못하지요. 그래서 저희들의 지도자가 되어 달라고 부탁드리는 것입니다."

"좋은 말이긴 한데, 나는 거시기이기도 한데……."

"상관 없습니다. 우리도 그렇거든요. 당신의 경지에 이르지는 못하지만 우리들 모두 그렇습니다. 그래서 당신을 우리들의 지도자로 삼고자 하는 것입니다. 우리들 중 당신보다 더 뛰어난 사람은 없습니다. 우리는 오랜 세월 동안 당신을 기다리고 있었습니다. 오셔서 저 옥좌에 앉으시지요."

그 남자는 10년을 도박장에서, 10년을 술집에서, 또 10년을 매음굴에서, 모두 합해서 30년 동안 고행을 하면서 쉐자레트의 숭고함에 이르렀고 자신이 찾던 사람이 자기 자신이라는 것을, 이곳에서 지도자로 추앙받기 위해 수십 년 동안 기다렸다는 것을 알게 되었습니다.

그는 자신에게 경의를 표하는 사람들 사이를 지나 궁전으로 가 옥좌에 앉았습니다.

옮긴이의 말

봄을 위한 겨울의 이야기

 이런 이야기를 들은 적이 있습니다. 아이는 겨울을 좋아하고 어른은 겨울을 싫어한다는 말입니다. 이 말에는 아마도 우리에게 겨울은 낭만적이지만 현실적인 계절이라는 의미가 담겨 있는 것 같습니다. 또한 겨울은 무엇보다도 어른이 되기 위해서 감내해야 하는, 그리고 아이들을 위해서 겪어야 하는 어른들의 계절이라는 의미도 담고 있는 듯합니다.
 여름의 더위는 고통이지만 겨울의 추위는 위험입니다. 자연의 만물은 고통 속에서 활짝 만개하고 성장하지만 위험 앞에서는 묵묵히 인내하고 기다립니다. 인류의 역사도 이렇게 여름과 겨울 사이를 오가며, 아이에서 어른으로 성장해 가며 이어져 왔을 거라고 생각합니다.

　이 책에 담긴 아지즈 네신의 이야기들은 한겨울에 속하는 강력한 힘과 정신이 담겨 있습니다. 겨울은 계속해서 생명이 생명이도록 윽박지르며 매섭게 강요합니다.

　그간 저의 졸역으로 펴낸 네신의 이야기들이 봄, 여름, 가을의 분위기를 담고 있었다면, 아지즈 네신의 이번 이야기들은 우리가 겪어 왔던 역사의 매서운 겨울을 환기시킵니다. 이 책의 이야기는 우리의 과거였고, 우리의 미래를 좌우할 만한 현실을 말하고 있습니다. 사실 네신의 이야기 주제는 똑바른 길처럼 한 방향을 향하고 있으니까요.

　인류가 겪어 온 거대한 사건들과 사사로운 인간사는 지금 우리의 현실과 놀랍도록 비슷합니다. 가끔씩 저는 현실이 역사보다 다만 조금 늦게 움직일 따름인 거울 속의 반영이라는 느낌을 경험합니다. 독자 여러분들은 아마 이 책의 이야기들을 통해 무엇보다도 겨울보다 차가운 현실의 오싹함과 냉정함을 느끼시리라 예상합니다. 아지즈 네신의 이야기들은 우리의 삶을 너무나 강력하게 비판하고 엄중하게 심판합니다. 그렇기 때문에 이러한 네신의 올곧은 사회 풍자와 시퍼렇고 꼿꼿한 시대정신이 독자 여러분들에게 지나친 자극이 되지는 않을까 우려가 되기도 합니다. 그러나 어른은 어른이기에 겨울을 이겨 봄을 불러와야

하고, 우리는 생명을 가진 존재들이기에 역사를 통해 쉼 없이 현실을 미래로 옮기기 위해 노력해야 한다고 믿습니다. 번역하는 내내 저는 이 책이 어른들에게 필요한 겨울의 이야기라고 생각했습니다.

아지즈 네신의 다른 책을 읽어 보신 분들이라면 그가 겪어 낸 삶이 그야말로 너무나 혹독하고 참담했던 겨울이라는 걸 알 수 있으실 겁니다. 그러나 네신이 이겨 낸 겨울을 통해 얼마나 많은 작은 생명들이 봄을 맞이했는지를 또한 우리는 확인할 수 있습니다. 네신의 이야기들은 제게 무엇보다도 역사는 현실에서 엄연히 반복된다는 교훈을 깨닫게 합니다. 『당나귀는 당나귀답게』 『개가 남긴 한 마디』 『생사불명 야샤르』가 이러합니다. 이러한 이야기들은 겨울과 맞서 싸우지 않으면 결코 봄은 오지 않는다는 걸 커다란 목소리로 일러 줍니다. 네신은 봄은 기다림과 희망 속에서 오는 자연적인 순리가 아니라 겨울 속에서 견디고 버티고 노력해서 얻어 내는 인간의 영혼 속에서 태어나는 결실이라는 걸 말하고자 했을 겁니다.

저는 네신의 이야기 속에 담긴 이 의미를 느끼고 공감하기 때문에 계속해서 네신의 이야기를 독자 여러분들께 전달하고 있고 앞으로도 멈추지 않을 것입니다. 이 책의 이야기들은 우리에게 미래를 보기보다는 당장 우리의 현실을 보라고 말합니다. 나아가 현실을 보지 못하는 사람에게는 미래 또한 없다는 것을, 자신의 미래를 볼 수 있는 사람들을 다른 사람들의 현실을 함께 바라보아야 한다는 것을 전합니다.

  독자 여러분들이 이 책의 이야기를 통해 겨울을 거쳐 봄을 맞이하는 존재가 되길 희망합니다. 이 책이 겨울을 견디는 한 줌의 햇볕이 될 수 있다면 저는 참 행복하겠습니다.

  역사를 통해 한 사람이 견뎌 낸 겨울이 혹독할수록 인류는 그로 인해 따스한 봄을 누렸습니다. 네신의 이야기를 독자 여러분들에게 전하는 일은 제게 봄을 믿게 하는 햇볕을 쬐는 소중한 사명입니다. 겨울 속에서 아이들과 우리들을 위한 봄이 싹트니까요.

이난아

더 이상 견딜 수 없어!

펴낸날	초판 1쇄 2009년 6월 5일
	초판 4쇄 2012년 3월 21일

지은이 **아지즈 네신**
옮긴이 **이난아**
그린이 **양은아**
펴낸이 **심만수**
펴낸곳 **(주)살림출판사**
출판등록 **1989년 11월 1일 제9-210호**

주소   경기도 파주시 광인사길 30
전화   031-955-1350   팩스 031-624-1356
홈페이지 http://www.sallimbooks.com
이메일   book@sallimbooks.com

ISBN 978-89-522-1107-1 43890

살림Friends는 (주)살림출판사의 청소년 브랜드입니다.

※ 값은 뒤표지에 있습니다.
※ 잘못 만들어진 책은 구입하신 서점에서 바꾸어 드립니다.